Pablo De Santis

Die Fakultät

Pablo De Santis

Die Fakultät

Aus dem Spanischen von
Claudia Wuttke

Unionsverlag

Spannungsliteratur im Unionsverlag,
herausgegeben von Thomas Wörtche

Die Originalausgabe erschien 1998
unter dem Titel *Filosofía y Letras*
bei Ediciones Destino, Barcelona.

Deutsche Erstausgabe

Dir Übersetzung aus dem Spanischen wurde
unterstützt durch die Gesellschaft zur
Förderung der Literatur ausAfrika, Asien
und Lateinamerika e. V. in Zusammenarbeit
mit der Kulturstiftung PRO HELVETIA

Im Internet
Aktuelle Informationen
Dokumente, Materialien
www.unionsverlag.ch

Rieterstrasse 18, CH-8027 Zürich
Telefon 0041-1-281 14 00, Fax 0041-1-281 14 40
mail@unionsverlag.ch

Umschlaggestaltung: Heinz Unternährer, Zürich
Umschlagbild: Martin Schwarz,
»Aus sprachloser Zeit«, 1995/96
www.eigenartverlag.ch
Umschlagfoto: Marlen Perez
Druck und Bindung: Ebner Ulm
ISBN 3-293-00296-X

Für Ivana

Einleitung

Von dem alten Fakultätsgebäude ist heute nur noch eine von einem Aufseher bewachte Ruine übrig. Viele der Bücher sind in Kisten, Plastiksäcken und Ähnlichem im Keller der Zentralbibliothek verstaut worden, wo sie auf erneute Klassifizierung warten. Niemand weiß genau, wie viele Bände noch unter den Trümmern liegen.

Der eine oder andere Forscher wagt es ab und an, den Palast in Ruinen zu betreten und über die verschütteten Flure und blockierten Treppen zu klettern. Über die Fahrstuhlseile gelangt man noch zu den Instituten. Als sich das Unglück ereignete, waren die Lehrstühle für klassische Philosophie und für Neurolinguistik, das altsprachliche Seminar, das Institut für Nationale Literatur sowie zwei oder drei weitere, an die ich mich nicht erinnere, noch in Betrieb: Auch in meinem Kopf ist viel verschüttet.

Ich bin nach der Katastrophe mehrfach in das Gebäude gegangen, um die Papiere zu suchen, die das Herz dieser Geschichte sind. Auch heute kehrte ich zurück, aber aus anderem Grund: Ich war entschlossen, die ersten Seiten meines Berichts hier zu schreiben. Denn nur an diesem heruntergekommenen Ort kann ich damit beginnen.

Bei meiner Ankunft bekam ich, wie jeder Besucher, eine Zugangsberechtigung (völlig absurd, da es im Gebäude niemanden mehr gibt, dem man sie zeigen könnte), den obligatorischen Mundschutz (es war gerade die Theorie in Mode, Bücherstaub schadete der Gesundheit) und eine Taschenlampe, weil es keinen Strom gab und weite Teile des Gebäudes kein Tageslicht empfangen konnten. Ich unterschrieb die unerlässlichen Dokumente, durchquerte die Halle, und meine Expedition begann. Während ich durch die Flure ging, versicherte ich mir mehrfach laut: »Da ist niemand!« Aber ich glaubte, Geräusche hinter dem Papier zu hören. Die Fantasmen wachsen im Schutz der Säulen, Mauern und Höhlen aus vergessenen Büchern, Dokumenten jeder Art, Rechnungsblöcken und Monografien, die Tausende von Studenten im Verlauf von acht Jahrzehnten angesammelt hatten.

Auf den Überresten der zentralen Treppe ging ich in den ersten Stock. Weil der Zutritt zum zweiten gesperrt war, bahnte ich mir zwischen Wänden aus verblassten Ordnern und Säcken voller Schutt meinen Weg. In diesem Teil des Gebäudes zeigte das Unheil vage Spuren von Organisation: Die Reste des Mauerwerks waren auf eigenwillige Weise in bestimmten Bereichen zusammengekehrt. Nicht, dass das zu irgendetwas dienlich gewesen wäre, der Ort war schließlich bereits vollkommen verlassen, und niemand dachte daran, ihn zu restaurieren (was sowieso unmöglich gewesen wäre) oder ihn abzureißen, aber die aufgestellten Schilder, die bunten Bänder und schwarzen Müllsäcke verliehen ihm doch eine gewisse Rationalität.

Meine Taschenlampe schreckte vor einer Armee Kakerlaken zurück. Von ferne hörte man ein Geräusch – als laufe jemand über Glasscherben –, das mich fürchten ließ, dort sei eines dieser blutrünstigen Frettchen unterwegs, die die Verantwortlichen aus Indien eingeflogen hatten, um die unkontrollierte Vermehrung der Ratten zu verhindern. Die Tür zum Institut für Nationale Literatur war nicht verschlossen. Ich stellte die Underwood

1935 auf den Schreibtisch: Das harte Klackern der Tasten ist das einzige menschliche Geräusch, das man in meiner Nähe hört.

Es kostet mich einiges, zu schreiben, und ich glaube, ich hätte in der Stunde der Wahrheit meinen Wankelmut nicht besiegt, wenn die Verantwortlichen der Fakultät mich nicht mit der Niederschrift meiner Version der Ereignisse beauftragt hätten, verbunden mit dem Versprechen ihrer Publikation im *Bulletin der Gesellschaftswissenschaften.* Sie wollten ihr, so sagten sie, eine komplette Ausgabe widmen.

Tagelang versuchte ich daraufhin, mein Abenteuer in Worte zu kleiden. Doch ich kam über ein paar unverständliche Zeilen nicht hinaus. Ich unternahm mehrere Anläufe, zu unterschiedlichen Zeiten, mit der Maschine oder per Hand, bis ich herausfand, dass ich nur hier damit anfangen konnte, die Wahrheit aufzuschreiben. Deswegen kehrte ich an diesen kalten, staubigen Ort der Angst zurück.

Wenn ich meinem Freund Grog von der Pilgerschaft über die Gebäudestümpfe erzähle, wird er sagen: »Nicht die Mörder, die Überlebenden sind es, die an den Ort des Verbrechens zurückkehren.«

Erster Teil: Kritik

Das Institut

Meinen ersten Arbeitstag an der Fakultät hatte ich eine Woche nach meinem dreißigsten Geburtstag. Das Gebäude im Bajo-Viertel war eine Außenstelle der Universität, die kaum noch genutzt wurde. Umgeben von den Glaspalästen der Banken, eleganten Restaurants für die Angestellten und anderen schicken Ladenlokalen, wirkte es noch verlassener und heruntergekommener. Es beherbergte noch das Musikseminar (es gab einen Konzertsaal, einen Flügel und eine Tamburinsammlung), die Verwaltungen der Institute und das Seminar für orientalische Sprachen. Die Studenten der Fakultät kamen selten, was den Eindruck erweckte, das Gebäude sei den Studien des Abwesenden vorbehalten. In einer Statistik, die ich mit der tröstenden Gewissheit zur Kenntnis nahm, dass sich unsere finstersten Prophezeiungen über den geistigen Niedergang der Jugend bestätigten, hieß es, siebzig Prozent der Studenten wüssten noch nicht einmal von der Existenz des Gebäudes.

Ich hatte – ein wenig spät, wenn ich meiner Mutter glauben darf – jenen dunklen Moment bereits durchlebt, den der Erhalt eines akademischen Grades mit sich bringt. Mit dreißig Jahren hielt ich das pergamentene

Blatt in den Händen und wusste, dass die erste Jugend vorbei war und dass nun, unwiderruflich, der Ernst des Lebens auf mich wartete und von mir forderte, eine Frau und Arbeit zu finden. Schon seit meiner frühesten Kindheit hatte ich Alpträume, man würde mich zwingen, in einer Fabrik, in einer Tischlerei oder als Maurer mein Geld zu verdienen, was zur Folge hatte, dass ich den Zeitpunkt, an dem ich dem so genannten Arbeitsmarkt zur Verfügung stehen würde, möglichst lange hinauszögerte.

Mein materieller Bedarf war gedeckt. Ich lebte mit meiner Mutter in einer spärlich, aber komfortabel eingerichteten Wohnung, die wir uns dank ihrer Pension, die sie als ehemalige Dozentin bezog, und einigen Ersparnissen, die uns mein Vater hinterlassen hatte, leisten konnten. Trotzdem: Ich wollte ausziehen, und dafür brauchte ich Arbeit. Ich bat meine Mutter um Hilfe, ohne ihr den zweiten Teil des Plans zu verraten.

Vielleicht sollte ich erwähnen, dass der vollständige Name meiner Mutter in gelehrten Kreisen wohl bekannt ist: Ich spreche von der Studienprofessorin Estela Korales de Miró, deren Name sowohl auf dem Umschlag des *Handbuchs der spanischen Sprache* für das dritte Schuljahr als auch auf dem des *Handbuchs für den Schüler aus der Provinz Buenos Aires* prangt. Als Schuldirektorin verabscheute sie jede Form der Demagogie: Noch heute erinnere ich mich an die nächtlichen Übergriffe von Schülern, die mit ihren Methoden nicht einverstanden waren und Steine gegen unsere Fenster warfen. Nichts davon brachte sie von dem Weg ab, den sie sich für ihr Leben zurechtgelegt hatte. Somit konnte ich mir sicher sein, dass sie Wort halten würde, als sie versprach, mir Arbeit an der Fakultät zu besorgen.

Meine Mutter hatte während ihrer Jahre im Bildungsministerium eine Menge Freundschaften geknüpft. Einer dieser Freunde war der Professor Emiliano Conde, Direktor des Instituts für Nationale Literatur und Mitglied der Academia de Letras. Ich rief ihn an, und er gab mir einen Termin für Ende April, morgens im Institut. Zu meinem ersten Bewerbungsgespräch trug ich einen alten, etwas zu großen Anzug meines Vaters sowie meine einzige Krawatte. Im Institut angekommen, empfing mich die Bibliothekarin, eine blasse Frau mit dicken Brillengläsern, mit der Nachricht, Doktor Conde habe angerufen und ließe sich entschuldigen, aber gern würde er mich in drei Tagen erwarten. Wieder Anzug, Krawatte, polierte Schuhe. Aber auch dieses Mal erschien Doktor Conde nicht.

»Um ehrlich zu sein, er kommt nie«, sagte die Bibliothekarin. »Ich habe ihn schon seit einer ganzen Weile nicht gesehen. Ab und zu ruft er an oder schickt einen Zögling von der Akademie, um seine Post zu holen. Nicht mal in sein Büro kommt man rein, weil er niemandem den Schlüssel gibt. Seit Wochen ist dort weder gefegt noch gelüftet worden.«

Bei meinem dritten Besuch im Institut richtete mir die Bibliothekarin, die Celia hieß, von Conde aus, ich hätte den Job.

»Aber er kennt mich doch gar nicht …«

»Egal, er wird sich deinen Lebenslauf angesehen haben. Heutzutage ist ein clever geschriebener Lebenslauf eine starke Waffe.«

Ich wusste nicht, ob ein Lebenslauf eine starke Waffe war, aber ich war mir sicher, dass meine Mutter ungefähr die Schlagkraft der Roten Armee hatte. Der so lange gefürchtete Moment war eingetreten: Ich hatte Arbeit! Celia gab mir ein paar Papiere, die ich unterschreiben musste, schickte mich zur Vervollständigung weiterer Unterlagen in ein Büro im Erdgeschoss und zeigte mir hinterher die Küche am Ende des Flurs. Als wir zurückkamen, erklärte sie mir die Ordnung des Archivs.

»Mit den Karteikarten musst du gut aufpassen. Doktor Conde besteht darauf, dass jedes neue Buch mit einer kurzen Zusammenfassung katalogisiert wird.«

»Kommen viele?«

»Kein einziges. Aber man weiß ja nie.«

Das Institut für Nationale Literatur umfasste vier Räume: einen Empfangs- und Lesesaal, einen zweiten Lesesaal, einen dahinter gelegenen Raum, der für die Studenten mit spezifischen Forschungsvorhaben reserviert war, sowie das stets verschlossene Büro des Doktor Conde. Celia nannte diese Räume Empfang, Zweiter Saal, Höhle und Krypta. Die Nutzung der einzelnen Räume war nach einem streng hierarchischen Prinzip organisiert, das dem Status des jeweiligen Studenten entsprach. So arbeiteten im Empfangssaal Studenten, die man nicht kannte, im zweiten Lesesaal solche, die regelmäßig kamen oder denen man vertraute, in der Höhle saßen die Spezialisten und in der Krypta niemand. Nur Conde persönlich.

Meine erste Woche verbrachte ich damit, ein voll gestopftes Regal mit vergilbten Feuilletons aus dem letzten Jahrhundert zu sortieren. Danach machte ich es mir zur Aufgabe, Platz für einen Stapel Zeitschriften aus den Zwanzigerjahren zu finden und die ältesten Karteikarten zu erneuern, die einem regelrecht zwischen den Fingern zerbröselten, wenn man sie anfasste. Am Freitag dann verkündete Celia, man hätte ihr eine bessere Stelle angeboten: Ab sofort gehörte das Institut mir allein. In ihren Augen aber hatte sie den Blick derer, die noch einmal voll Mitleid auf das sehen, was sie zurücklassen, und glauben, ein besseres Schicksal erwarte sie.

Nachdem Celia gegangen war, hatte ich eigentlich nichts mehr zu tun. Meine Arbeitszeiten waren Montag bis Freitag, 16 bis 20 Uhr. Während dieser vier Stunden blätterte ich ausgiebig im Politikteil der Zeitung, las gelegentlich einen Roman oder löste Kreuzworträtsel. Ab und an stöberte ich in der Bibliothek nach Material für meine Doktorarbeit, einer Biografie über den Dichter und Psychiater Enzo Tacchi, der vierzig Jahre lang Arzt am Hospiz de la Merced war. Nach einem von ihm entwickelten stenografischen System war es Tacchi gelungen, die oft wirren Aussagen der Patienten zu dokumentieren. Häufig besuchte er auch Gefängnisse, um mit Mördern zu sprechen und die Form ihrer Schädel zu erforschen. Das Ergebnis waren Tausende, mit winzigen Buchstaben voll gekritzelte Karteikarten. Mir war es gelungen, einige von ihnen in Fotokopie zu erhalten, die ich geduldig übersetzte. Weil aber Tacchi seine Beobachtungen ständig nach einem anderen Prinzip zusammengetragen hatte, schritt meine Arbeit nur sehr mühsam voran.

Gestört wurde meine Ruhe nur durch gelegentliches Klopfen an der Tür. Jedes Mal dachte ich, es sei Doktor Conde, doch es kamen lediglich Studenten, die ein Buch suchten, das sie in den anderen Räumen nicht finden konnten. Eines Nachmittags dann – ich war, wie ich es mir angewöhnt hatte, lange vor dem regulären Dienstschluss schon am Zusammenräumen – kam eine große, blasse, mit einem grünen Kostüm bekleidete Frau ins Institut. Um ihren Hals trug sie einen Kettenanhänger mit ägyptischem Motiv.

»Und Celia?«, fragte sie laut, ohne zu grüßen.

»Ist nicht mehr da. Gegangen für immer«, erklärte ich mit der Genugtuung, ihr eine auf ewig gültige Absage erteilt zu haben.

»Ich will sterben.«

Mit leerem Blick ließ sie sich auf einen Stuhl fallen.

»Sind Sie der neue Bibliothekar?«, fragte sie schließlich, als sie ihre Enttäuschung halbwegs überwunden hatte.

»Ja.«

»Hat Celia Ihnen von unserer Abmachung erzählt?«

»Nein.«

»Gut. Auch egal. Lass mich in die Höhle. Ich muss diese Woche arbeiten.« Unvermittelt war sie zum Du übergegangen, und ich wusste nicht, ob es daran lag, dass sie mir einen Befehl erteilte oder weil sie Vertrauen gefasst hatte. »Den Schlüssel zu Condes Büro hast du nicht, oder?«

»Nein. Celia hatte ihn auch nicht.«

»Zu dumm, Conde würde mich hineinlassen. Wir sind seit Jahren befreundet.«

Ich öffnete die Tür zur Höhle. Die Frau gab mir die Hand.

»Professor Selva Granados.«

»Esteban Miró.«

Selva Granados fing an, stoßweise Papiere aus ihrer Nylontasche zu ziehen und sie auf dem ganzen Tisch zu verteilen.

»Was ist Ihr Gebiet?«

»Ich habe mich auf Homero Brocca spezialisiert.« Sie wirkte enttäuscht, als sie merkte, dass mir der Name nichts sagte.

»Ein großer Schriftsteller. Ein echtes Genie. Ein Solitär, ein Verfluchter. Auf der ganzen Welt gibt es nur drei Wissenschaftler, die über sein Werk forschen. Einer von ihnen ist Professor Conde, die andere bin ich.«

»Und der Dritte?«

»Ein Stümper. Sind Sie sicher, dass Conde Ihnen gegenüber Brocca nie erwähnt hat?«

»Ja.«

»Mal ehrlich ...«

»Ich habe Conde noch nie gesehen. Ich arbeite erst seit kurzem hier.«

Während der ganzen Zeit, die Selva Granados hinter verschlossener Tür in der Höhle verbrachte, hörte ich sie mit sich selbst sprechen. Als sie wieder herauskam, bat sie mich, ein Buch aus der Bibliothek mit nach Hause nehmen zu dürfen. Kaum hatte ich es ihr gegeben, eilte sie ohne auf den Weg zu achten davon. Zurück blieben ein Hauch von Traurigkeit und ein paar umgestürzte Stühle.

Am nächsten Tag ging ich noch einmal die Übersetzung der Beobachtung Nr. 115 von Enzo Tacchi durch. *Antonio Castelli, Häftlingsnummer 459, eingeliefert ins Gefängnis am 12. März 1880; er ist Italiener, 33 Jahre alt, von nervösem Temperament und robuster Konstitution. Seine Brust ist von Abzeichen und Medaillen bedeckt, die er aus Resten alter Hemden seiner Kumpels selbst gefertigt hat; sein Vermögen ist beträchtlich, er ist mit drei Prinzessinnen verlobt, von denen die Prinzessin María*

Antonia Castelli, Verwandte seines Freundes, des Richters Recobeco, seine Wünsche am besten befriedigt. Dennoch zögert er den Tag seiner Heirat hinaus, da er noch auf die Meinung seiner Freunde wartet, der Senatoren und Abgeordneten des Ehrwürdigen Nationalkongresses, sowie seines Verwandten, des Königs Macabrón.

Ein Tropfen fiel von der Decke, zerplatzte auf dem Blatt und verwischte das M von Macabrón. Ich sah nach oben und entdeckte einen Wasserfleck, der schnell größer wurde. Ich rief bei der Verwaltung an, wo man mir sagte, dass der Klempner gleich kommen würde. Er kam nicht. Auch nicht am nächsten Tag. Ich ging in das Büro des Hausmeisters, der sich jedoch wegen Krankheit einen Tag freigenommen hatte. Die Angestellten, ein dünner Mann in blauem Kittel und eine füllige Frau, die Solitär spielte, sahen sich alarmiert an und meinten, dass nun vielleicht doch kein Weg daran vorbeiführte, den Nachtwächter einzuschalten.

Nachdem ich die Institutstür (aus Furcht, jemand könnte die kostbaren Bücher stehlen) abgeschlossen hatte, ging ich in den vierten Stock. Auf den Fluren stapelten sich von Feuchtigkeit, Licht und Staub zersetzte Ordner. Auf den Rücken standen Namen und Daten aus den Vierziger- und Fünfzigerjahren. Seit Jahren war diese Etage völlig verwaist und fungierte nur noch als Lager. Im *Internen Bulletin* der philosophischen und literaturwissenschaftlichen Fakultät war einst ein Artikel über die *Ursachen der Schließung des vierten Stocks. Wissen besetzt Raum* erschienen, in dem von einem Beschluss aus dem Jahr 1957 die Rede war, laut dem alle diese Papiere verbrannt werden sollten. Weil aber die Fakultät nie über ausreichende Mittel verfügte, um die

Tonnen von Papier zu verladen und ihrer endgültigen Bestimmung zuzuführen, wurden die Ordner auf immer dort belassen, und ihre Zahl wuchs täglich. Vor Jahren hatte eine Kommission die Papierstapel nach wirklich bedeutsamen Dokumenten durchforstet. Das archäologische Team, bestehend aus Studenten unter der Leitung von Professoren, hatte die Aufgabe, Material zu sammeln und es dann einer Kommission von Honoratioren zu übergeben, die die endgültige Auswahl treffen sollten. Die Ergebnisse dieser Untersuchung wurden nie veröffentlicht. Ich werde später auf die tragische Geschichte der Expedition zurückkommen.

Die kleine Wohnung des Nachtwächters war auf die Terrasse draufgebaut worden. Um sie herum lagen Berge von Kabeln, zerbrochene Flaschen und tote Tauben. Für den Fall, dass er um diese Zeit schlief, klopfte ich leise an die Tür, um ihn nicht zu wecken. Ich wusste, dass er allein lebte, aber gesehen hatte ich ihn noch nie.

Jemand sah durch den Spion. Sekundenlang herrschte Stille.

»Der Nachtwächter arbeitet nur nach einundzwanzig Uhr«, sagte eine weiche, latent abweisende Stimme.

»Ich bin vom Institut für Nationale Literatur. Ich habe ein Problem mit einem lecken Rohr.«

»Der Nachtwächter kümmert sich nicht um Leitungsschäden. Der Nachtwächter achtet darauf, dass nachts niemand eindringt.«

»An wen kann ich mich wenden?«

»An niemanden.«

»Die Bücher werden verfaulen.«

»Alle Bücher werden so enden. Das ist nicht mein Problem. Müll und Feuchtigkeit und zersetzte Bücher.

Etwas anderes gibt es hier nicht. Gehen Sie an Ihren Platz zurück. Kümmern Sie sich nicht weiter darum. Hören Sie dieses Geräusch?« Ich hörte gar nichts. »Das sind die Insekten, die das Holz, den Boden, die Balken zerfressen. Hören Sie, wie das Wasser durch die Wände sickert. Eine Decke ist gerade runtergekommen.«

Die Schritte des Nachtwächters entfernten sich. Ich blickte von außen durch den Spion. Drinnen konnte ich einen Korbstuhl erkennen. Über der Lehne hingen ein altes graues Sakko und eine metallene Dienstmarke mit der Aufschrift: NACHTWÄCHTER. Auf dem Stuhl lag ein Helm mit einer Lampe vorne, wie ihn Bergarbeiter benutzen.

Als ich ins Institut zurückkam, hatte sich die Decke weiter gelöst. Das Wasser tropfte aus verschiedenen Stellen auf den mit Putz verschmierten Tisch, auf die Regale, die Bücher, den Karteikasten. Das gesamte Stockwerk stand unter Wasser. Einen Moment lang blieb ich auf dem Stuhl sitzen und sah mir die Katastrophe hilflos an.

Die Krypta

Ich musste meine Arbeit an Enzo Tacchi einige Tage unterbrechen, um notdürftig Buch für Buch aus den obersten Regalen zu säubern. Viele waren mit Farbresten und Putz besudelt. Die feuchten Bücher stellte ich zum Trocknen raus und legte die am schlimmsten beschädigten zur Seite. Ich kaufte Pappe und Klebstoff und versuchte sie, mit ein bisschen Leinwand, das ich von zu Hause mitgebracht hatte, zu binden. Das Ergebnis war mittelprächtig, aber immerhin rettete ich ihnen das Leben.

Am Tag nach dem Unglück mit der Decke kam ein Klempner, um das kaputte Rohr zu reparieren. Er versprach, die Decke neu zu kalken, tat es aber nie. Ich selbst musste den Schutt wegräumen, den er hinterlassen hatte, weil niemals jemand zum Putzen ins Institut kam. Damit war ich beschäftigt, als Conde auftauchte.

Ich erkannte ihn sofort, weil meine Mutter mir einmal ein Foto gezeigt hatte, auf dem sie zusammen vor dem Ministerium posierten. Conde war groß und grauhaarig, er trug eine Brille mit dicken Gläsern und war trotz seines Alters noch ein stattlicher Mann. Von meiner Mutter wusste ich, dass Conde auf dem Konservatorium studiert und schon als junger Mensch im Teatro Colón gespielt hatte. Allerdings sah er sich in den berühmten »Aufstand der Geigen« gegen den Dirigenten des Orchesters, Casimiro Propp, verwickelt, der in der Entlassung sämtlicher Violinisten kulminierte und zur Folge hatte, dass das Orchester für sechs Monate das einzige der Welt war, das ohne Geiger spielte. Obwohl Emiliano Conde stets beteuerte, mit der Sache nichts zu tun gehabt zu haben, konnte er nie zur klassischen Musik zurückkehren. Seine Kollegen verloren sich als Musikdozenten oder als Tangospieler. Conde widmete sich der Literaturwissenschaft. Er war das jüngste Mitglied der Academia de Letras.

»Jedes Mal wenn ich reinkomme, eine Katastrophe. Das letzte Mal die Ratte; diesmal ein Einsturz.« Er gab mir die Hand. »Hören Sie auf zu fegen. Kommen Sie in mein Büro, wir müssen reden. Wie geht es Ihrer Mutter?«

Gut, antwortete ich. Dabei hatte ich vor einigen Tagen angekündigt, dass ich mir eine Wohnung im Zentrum suchen würde. Seitdem quälten meine Mutter schlimme

Alpträume, aus denen sie schreiend erwachte. Manchmal sang sie im Schlaf die Nationalhymne oder warf fantasierte Schüler aus dem Raum. Oder sie dachte grimmig an eine meiner flüchtigen Liebeleien.

»Sagen Sie ihr, dass ich bei Gelegenheit auf einen Tee vorbeischaue. Ich habe Ihre Mutter aus der Zeit beim Bildungsministerium in sehr guter Erinnerung. Unsere Büros lagen nebeneinander. Innerhalb eines Semesters hatten wir gemeinsam ein Netz aus Informanten aufgebaut, mit dem wir jede Schule dieser Stadt kontrollieren konnten. Dann wurde es zerschlagen. Die ganze Arbeit im Eimer …«

Conde öffnete die Tür zur Krypta. Aus dem Büro drang ein kalter Luftzug. Das Fenster hatte monatelang offen gestanden. Um den Raum zu betreten, musste man zwei Marmorstufen hinabsteigen. Im Dämmerlicht erkannte ich ein schmales Zimmer, von dessen mit Diplomen und Fotografien behängten Wänden der Putz blätterte. In der Mitte des Raumes stand ein dunkler Holzschreibtisch mit unzähligen Schubfächern, auf dem eine Schreibunterlage aus Leder und ein aus einer Kanonenkugel gemachter Stiftehalter lagen. Ich holte mir einen Stuhl und setzte mich Conde gegenüber.

»Haben Sie sich im Institut eingelebt? Gefällt Ihnen die Arbeit? Wie läuft Ihre Doktorarbeit?«

Er ließ mir kaum Zeit, zu antworten.

»Ich sammle Material. Archivunterlagen von Irrenanstalten, klinische Berichte, medizinische Zeitschriften.«

»Sehr außergewöhnlich! Was ist Ihr Thema?«

Ich erzählte ihm von Enzo Tacchi. Missbilligend sah er mich an.

»Marginalien, ich bitte Sie. Na, jetzt ist es zu spät, das Ruder noch rumzureißen. Sie hätten sich einen unserer Gründertexte nehmen sollen, einen Klassiker.«

»Darüber wurde schon so viel geschrieben. Was könnte ich dem noch hinzufügen?«

»Die Interpretationsmöglichkeiten sind unerschöpflich. Über ein großes Buch kann nie genug gesagt werden. Doch wenn ich ehrlich bin, habe auch ich ein sehr persönliches Thema gewählt, einen Klassiker von morgen. Man könnte sagen, dieser Schriftsteller ist meine Verpflichtung. Kennen Sie das Werk von Homero Brocca?«

»Ihre Bekannte erwähnte ihn.«

»Welche Bekannte?«

»Professor Granados.«

»Diese Verrückte ist nicht meine Bekannte. Die will mir Brocca aus den Händen reißen. Einer von den Aasgeiern, die nur darauf warten, sich auf die Beute zu stürzen, die andere gerissen haben.«

Conde sah zum Fenster und seufzte.

»Entschuldigen Sie bitte meinen Ärger, aber ich habe allen Grund, mir Sorgen zu machen. Meine Arbeit über Brocca hat mir eine Menge Feinde eingebracht. Sie sind neidisch, dass ich seine Bücher gelesen hatte, bevor sie verloren gingen. Allein eine Erzählung ist übrig geblieben, und niemand weiß, welches die endgültige Fassung ist.«

»Und der Rest?«

»Ging verschütt. Eine Katastrophe. Ich wünschte, ich hätte jede Zeile, jeden Absatz auswendig gelernt. Ich wünschte, sie alle könnten ihn so lesen, wie ich ihn einst gelesen habe. Das Privileg, sein einziger Leser zu sein, ist auch eine Strafe.«

Ich hatte von Manuskripten gehört, die ihre Verfasser vernichtet hatten oder die auf den Scheiterhaufen der Zensur verbrannten, aber niemals vom vollständigen Verschwinden eines veröffentlichten Buches.

»Brocca hat fünf Bücher veröffentlicht, alle im Selbstverlag. Ich habe mich mit Dutzenden von Buchhändlern unterhalten, und nur einer hat mir versichert, ein Buch von Brocca in den Händen gehalten zu haben. Er konnte sich aber nicht mehr daran erinnern, ob er es weiterverkauft hatte oder ob es im Lager verloren ging. Ich suchte in den Archiven der alten Druckereien, die Autoren seiner Generation gedruckt haben, aber der Name Brocca tauchte nirgends auf. Im Institut gab es zwei seiner Romane: *Der Schrei* und *Die Falle.* Ich hatte sie kaum gelesen, da wurden sie gestohlen. Das war vor vielen Jahren. Und seitdem ist keines seiner Bücher jemals wieder aufgetaucht.«

»Hat er keine Angehörigen, die die Originale verwahren?«

»Es gibt niemanden. Die Spur Broccas verliert sich im Nichts, als ob er nie existiert hätte. Wenn jemand von seinem Werk mehr als nur die eine Erzählung kennen lernen will, muss er sich notgedrungen an mich wenden. Ich habe zwei Bücher über ihn geschrieben: *Genie und Person des H. B.* und *Das Werk Broccas: Letzte Deutungen.* Wenn Sie Interesse haben, sie sind hier. Ich wüsste gern, was Sie darüber denken.«

Ich fragte, ob er auch einen Kaffee wolle. Kurz darauf kam ich mit zwei Tassen Nescafé und einigen Tütchen Zucker zurück. Wegen der rostigen Leitungen war das Wasser in letzter Zeit etwas dunkel. Ich hatte mich bereits an den Geschmack gewöhnt.

»Ausgezeichnet der Kaffee.« Er leerte die Tasse mit einem Schluck. »Es ist an der Zeit, Ihnen zu sagen, dass ich nicht nur gekommen bin, um Sie kennen zu lernen oder Ihnen gute Ratschläge für Ihre Arbeit zu geben. Ich möchte, dass Sie mit mir an der einzigen der Menschheit zur Verfügung stehenden Erzählung Broccas arbeiten. *Substitutionen* heißt sie. Damit werden Sie zwei Monate beschäftigt sein, und ich verspreche Ihnen eine Summe, die Sie eingedenk der Tatsache, dass akademische Aufgaben unter uns gesagt gemeinhin ad honorem vergütet werden, nicht enttäuschen wird. Das Honorar stellt die Stiftung *Ohne Hürden.*«

Ohne nachzudenken, fragte ich direkt nach dem Geld, bevor ich mich nach der Art der Arbeit erkundigte. Conde erwähnte eintausendfünfhundert Dollar. Die Summe kam mir bei der Suche nach einer Wohnung, die etwas Abstand zwischen die Studienprofessorin Korales de Miró und mich bringen würde, gelegen. Ich schien begeistert auszusehen, denn Conde sagte warnend:

»Bedenken Sie, dass Sie viel lesen müssen. Die Textkritik folgt strikt wissenschaftlichen Kriterien. Wir müssen unsere Fantasie nutzen, aber auch Statistiken.«

Professor Conde schaute auf die Uhr und sagte, er habe einen Termin beim Augenarzt.

»Gucken Sie sich diese Brille an. Haben Sie schon mal dickere Gläser gesehen? Von jeher werden in unserer Familie Brillen getragen, ein Leben lang, und immer verlieren wir sie. Ich selbst bin erstaunlich geschickt im Verlieren von Brillen. Irgendwann später tauchen sie wieder auf. Ich habe schon Päckchen von anderen Universitäten mit verlorenen Brillen bekommen. Das sind nicht immer meine, allenfalls zehn Prozent gehören mir, aber ich bin schon so berüchtigt, dass mir jede herrenlose Brille per Einschreiben direkt nach Hause geschickt wird. Ich habe eine Kiste voll mit Brillen. Wenn Sie mal eine brauchen ...«

Ich sagte ihm, das sei im Moment nicht notwendig, ich hätte meine eigene. Der Professor klopfte mir zur Besiegelung unseres Paktes auf den Rücken und ging mit dem Versprechen, mir bald das notwendige Arbeitsmaterial zu bringen. Ich fegte den letzten Schutt zusammen und kümmerte mich den Rest des Tages um die beschädigten Bücher.

An eben jenem Nachmittag, ich wollte schon gehen, bekam ich Besuch von zwei Frauen in grauen Kitteln, die mich zu einer Versammlung im Souterrain einluden. Ich versprach zu kommen, vergaß es dann aber völlig. Während ich noch meine Sachen zusammensuchte – ich ließ sie immer im dritten Raum, der Höhle –, schob jemand eine Zeitschrift unter der Tür durch. Es war ein schmales Heft mit dem Titel: *Verschwundene Aufzeichnungen. Zeitung des Studienkreises Homero Brocca.*

Die Vorsitzende des Studienkreises und Verfasserin aller Artikel war die Literaturwissenschaftlerin Selva Granados, und auf den acht Seiten ihres Berichtes beschuldigte sie Conde, für das Verschwinden der Bücher Broccas verantwortlich zu sein.

Die Kaimane

Ich hatte mich schnell mit dem chaotischen System der Bibliothek vertraut gemacht und fand die Bücher auf Anhieb, um die mich die Studenten baten. Selten kamen an einem Nachmittag mehr als eine Hand voll. Ich gab ihnen die Bände, mit denen sie sich zurückzogen, woraufhin ich selbst stundenlang ungestört lesen oder schreiben konnte. Doch nicht alle Besuche waren so diskret.

Granados tauchte im Institut auf und bat mich um eine fünf Jahre alte Ausgabe der akademischen Jahrbücher. Ich nahm den verstaubten Band aus einem der unteren Regale, in dem auch Teile der Zeitschrift *P. B. T.* gesammelt wurden. Es gab in der Ausgabe nur ein Thema: Homero Brocca. Der Autor sämtlicher Artikel war Emiliano Conde. Dessen Kurzbiografie wies so viele Übereinstimmungen zu seinem Untersuchungsgegenstand auf – sein Lieblingswein, die Gewohnheit, das Werk Broccas bevorzugt in einem Sessel am Kamin zu studieren, die Vorliebe für Minzlikör –, dass der Leser geneigt war, hinter beiden ein und dieselbe Person zu vermuten.

»Haben Sie Conde kennen gelernt?«, fragte Selva Granados beiläufig und auf das Du verzichtend.

»Ja.«

»Und, wie finden Sie ihn?«

»Ein echter Gelehrter«, antwortete ich aus purer Gemeinheit.

»Von wegen Gelehrter. Er ist ein Besserwisser, ein Egoist. Brocca ist sein Opfer.« Sie zeigte in Richtung von Condes Büro. »Da hat er ihn eingesperrt.«

Sie meinte das im übertragenen Sinne: Natürlich wisse sie, dass Brocca beim Untergang der *Gorgona* bei einem der schweren Südoststürme auf dem Rio de la Plata verschollen sei.

»Er will uns einreden, dass seine Bücher verloren gegangen sind.«

»Und das stimmt nicht?«

»Natürlich nicht! Er hat sie versteckt, damit niemand sonst über sie schreiben kann. Ich habe das Forschungszentrum Homero Brocca gegründet und versucht, bei verschiedenen Stiftungen Unterstützung zu finden, aber Conde hat mich schachmatt gesetzt. Wie soll ich wohl verhandeln, wenn er die Bücher als Faustpfand behält?«

»Könnte es nicht sein, dass jemand anders weitere Exemplare hat?«

»Nein, der hätte sie längst verkauft. Bedenken Sie, wie hoch die im Kurs stehen. Sämtliche Antiquare der Stadt haben seit Jahren Broccas Daten, aber keiner hat je auch nur ein einziges Buch ergattert. Man vermutet, dass sie beim Lagerbrand des Tor-Verlages in Flammen aufgegangen sind.«

Granados schlug den Band LXI der akademischen Jahrbücher auf einer der ersten Seiten auf. *Homero Brocca. Eine Chronologie* hieß es dort.

»Sehen Sie, was für eine Geschichte sich Ihr Freund Conde ausgedacht hat. Hier: ›Brocca wurde im April als Sohn eines Zahnarztes geboren, der die gezogenen Zähne seiner Patienten sammelte.‹ Lüge. ›Er begann Sonette über das Feuer zu schreiben; die Gedichte korrigierte er unzählige Male, bis er sie schließlich verbrannte.‹ Lüge. ›Seine verworrenen Träume erschreckten ihn: Er entwarf Drehbücher für Alpträume, die er danach zu träumen versuchte.‹ Lüge.«

»Gibt es Zeugen? Gibt es jemanden, der Brocca gesehen hat?«

»Ja, es gibt einen Zeugen. Eine Frau, die ihn nur wenige Tage erlebt hat, aber davon ein Leben lang gezeichnet blieb.«

»Kannten Sie sie?«

»Diese Frau bin ich.«

Gespannt auf meine Reaktion nach dieser Enthüllung, sah mich Selva Granados unverwandt an.

»Ich kann Ihnen alles erzählen, Einzelheiten, die niemand sonst kennt. Aber dafür verlange ich, dass Sie mir die Tür zur Krypta öffnen.«

Ich erklärte ihr, dass ich den Schlüssel nicht hatte. Außerdem sei ich einmal drin gewesen und hätte kein Buch gesehen.

»Ich bin mir sicher, dass es ein geheimes Versteck gibt, hinter einem Bild oder unter einer Diele. Versuchen wir es mit den anderen Schlüsseln.«

»Ich bin Conde zu Loyalität verpflichtet. Er hat mir diese Arbeit gegeben. Er ist ein Freund meiner Mutter. Wenn sie herausbekommt, dass ich ihr Vertrauen missbrauche ...«

Mit einer Mischung aus Niedergeschlagenheit und Enttäuschung sah Selva mich mit einem nicht eben gnädigen Blick an, schimpfte mich Verräter und ließ sich in den einzigen Sessel des Instituts fallen. Aus ihrer Tasche holte sie ein am Ende gebogenes Stück Draht heraus.

»Lassen Sie mich nur fünf Minuten mit dieser Tür allein. Mehr will ich nicht.«

»Ausgeschlossen. Das Schloss geht kaputt. Wie soll ich das Doktor Conde erklären?«

»Feigling.«

Sie steckte den Dietrich wieder weg und zog stattdessen ein blau eingeschlagenes Büchlein aus der Tasche.

»Ich habe Ihnen etwas mitgebracht. Nun weiß ich gar nicht, ob ich es Ihnen geben soll.«

Ich schwöre, dass ich sie in keiner Weise dazu ermutigte.

»Egal. Sie können ja nichts dafür. Ich schenke es Ihnen trotzdem.«

Ich stammelte ein paar Worte des Dankes. Als sie weg war, las ich auf dem Umschlag: »*Ertrunken in der Wasseruhr* von Selva Granados.«

Es war eine Gedichtsammlung. Und ziemlich genau das Gegenteil eines Lebenshilferatgebers. Später erfuhr ich, dass man diesen Zyklus der als Depressionismus bekannten Strömung zuordnete. Das Buch enthielt eine Widmung: *H. B., wo immer er sei.* In jedem Gedicht sprach eine Frauenstimme einen Mann an, der sie verlassen hatte. Ausnahmslos wurde darin mit Selbstmord gedroht: »Den höchsten Sprungturm werde ich wählen / mit einem Salto in das leere Becken mich nicht länger quälen.« Auch die Natur kam vor: »Dein Vergessen riss mich hinunter: Ich suchte die Höhe der Lebensbahn / und von den hohen Bergen der Schönheit Schopf. / Ich erreichte die Gipfel. So ein Wahn! Stürzte vom Aconcagua mich, zuerst mit dem Kopf.« Die Heldin drohte außerdem mit ausbrennenden Hubschraubern, Schiffbrüchen, Vergiftungen (»Von meinem Schmerz befreie ich mich nach dem Beat / mit einem halben Glas voll Zyanid«) und anderen Katastrophen.

Inzwischen hatte ich mich an die Arbeit gewöhnt, und sie machte mir Spaß. Meine Doktorarbeit ruhte vorübergehend, weil mein ganzes Interesse den erwarteten Unterlagen (und dem Geld) Condes galt. Meine Tage verliefen ruhig: Ich schlief bis um elf, joggte ein wenig durch den Park, aß in dem frisch gemieteten Apartment (dank dem meine Mutter aufgehört hatte, mit mir zu reden) eine Kleinigkeit, duschte und nahm die U-Bahn zum Institut. Ich bin schon immer gern U-Bahn gefahren. Nirgendwo sonst kann ich aufmerksamer lesen als in den rumpeligen Holzwaggons der Linie A. Das Geschrei, das Kommen und Gehen, das Geratter verhelfen mir zu äußerster Konzentration.

Nach der Arbeit schlenderte ich gern durch das Zentrum. Meistens kam ich in der Nähe des Abasto-Viertels raus, in dem eine Frau wohnte, die mir gefiel. Ich hatte mehrfach versucht, mit ihr auszugehen, doch sie hatte auf meine Einladungen immer die gleiche Entschuldigung parat: eine Krankheit! Man bescheinigte ihr Kopfschmerzen, akute Depression, Schwindel, Atemnot, Allergien, Muskelverletzungen, eigenartige Viren. So hatte ich mich von der Sinnlosigkeit eines Anrufs überzeugt, nicht aber von der einer schicksalhaften Begegnung. In der Hoffnung, sie zufällig zu treffen, schlich ich durch ihre Straße. Geblendet vom Glanz des Unmöglichen, sah ich in ihr erleuchtetes Fenster. Ich berechnete den Augenblick, in dem sie auf die Straße gehen würde, setzte ihren Lebensrhythmus aus Wahrscheinlichkeitsfaktoren zusammen und vergaß dabei, dass das Leben anderer Menschen einer geheimnisvollen Routine und dem Zufall unterworfen ist. Ich hätte alles getan, um sie zu treffen. Ganze Häuserblocks hätte ich abgeklappert und dabei immer wieder ihren Namen wie einen Teil von mir angerufen. So fern schien sie mir, dass ich zwar jede Gelegenheit nutzte, um sie vor meinen Freunden zu erwähnen, gleichzeitig aber kam mir ihr Name nur wie ein Pseudonym vor, das den fehlenden, den wahrhaftigen Namen ersetzte.

Mittwochabends traf ich mich mit den drei letzten Überlebenden einer Gruppe von Freunden aus der Mittelstufe, die sich – als wir fünfzehn waren – den Namen Kaimane gegeben hatten. Er rührte von einer langen Kette weit zurückliegender nächtlicher Niederlagen. Nachdem wir in schäbigen, von Diskokugeln erleuchteten Spelunken die Mädchen erfolglos auf die Tanzfläche zu locken versucht hatten, gingen wir immer in die Pizzeria ›Der Kaiman‹, um dort bis zum frühen Morgen über Fernsehserien und Horrorfilme zu reden. Nach der Schule, als die Gruppe bereits auf zehn zusammengeschmolzen war, verlegten wir unsere Treffen auf den Mittwoch. Einer nach dem anderen verfing sich im Netz der Ehe, in kompromisslosen Beziehungen, anständigen Jobs und Überstunden. Nur Jorge, Diego, Grog und ich blieben schließlich übrig. Nach Jahren der Beschäftigungslosigkeit wurde mein jüngster Einstieg in den so genannten Arbeitsmarkt von meinen Freunden entsprechend besorgt beobachtet.

»Man soll nie die eigene Natur verraten«, sagte Grog, der Philosoph. »Was wärst du ohne die Tage des Müßiggangs, die ziellosen Fahrten in der U-Bahn, die in Buchhandlungen vergeudeten Stunden?«

»Vielleicht tuts ihm gut«, erwiderte der stets moderate Jorge. »Was mich nicht umbringt, macht mich hart. Wer sagte das doch gleich?«

Ich erzählte ihnen von Selva Granados' Sturm auf das Institut. Die drei waren sich einig, dass sie mit mir ins Bett wollte. Ich hatte keine Chance, sie von dem zwischen ihr und Conde tobenden Krieg zu überzeugen und dass sie mich lediglich als Verbündeten wollte.

»Folge dem Kurs der Matrone«, sagte Diego. »Wenn dann in einer dieser Nächte ...«

»Einer dieser kalten Nächte ...«

»... wenn es dunkel ist ...«

»Jeder braucht ein bisschen Liebe«, betonte Grog. »Egal von wem.«

Doch den ganzen Herbst und Winter über wurde mir keine Liebe zuteil, von niemandem (und schon gar nicht von Professor Granados). Die zufällige Begegnung mit meiner unmöglichen Liebe fand schließlich statt, als ich schon gar nicht mehr damit rechnete. Sie lud mich zu sich ein, und dort traf ich auf all ihre Entschuldigungen: Fläschchen mit Medizin, Rezepte, Thermometer, Pillen, Fachbücher. Ich kapierte sofort, dass sie ein ausgemachter Hypochonder war. Stundenlang redeten wir über Kopfschmerzen, über Magensäure, über die Tendenz, bei Depressionen besonders unfallanfällig zu sein, über tückische exotische Krankheiten. Als ich ging, pochten mir die Schläfen, mir war schlecht, und ich spürte einen stechenden Schmerz in der Brust. Ein einziges Mal habe ich sie danach zufällig auf der Straße wieder gesehen, und um ihr nicht zu begegnen, flüchtete ich mich in eine Postfiliale, bis ich sie aus den Augen verlor.

Jenes Jahr war kein gutes für die Liebe. Es war für fast nichts ein gutes Jahr. Ausgenommen die Treffen mit den Kaimanen, um ihnen meine Anekdoten zu erzählen. Heute sehen nur noch Grog und ich uns mittwochabends. Wir reden, um wenigstens manchmal das Gefühl zu haben, die Welt zu verstehen. Mein Schritt an die Fakultät ist eines der wiederkehrenden Themen. Für Grog der Ursprung geheimnisvoller Zeichen, mit denen er glaubt, mein Leben vorhersagen zu können. »Das Institut«, pflegt er bei einer Flasche Bier zu sagen, »war die Schwelle zu deinem wahren Leben.«

Tausend Fassungen

Eines Montags kam ich zum Institut und fand die Tür unverschlossen. Im ersten Raum war niemand, die Tür zur Höhle stand auch offen. Ohne Ankündigung trat ich ein, weil ich dachte, Professor Granados dabei zu überraschen, wie sie sich an dem Schloss zur Krypta zu schaffen machte. Professor Conde sprang von seinem Stuhl auf.

»Mann, haben Sie mich erschreckt. Ich habe Sie nicht kommen hören.« Conde war mit dem Kopf auf dem großen Tisch eingeschlafen, der sonst von den Spezialisten in der Höhle genutzt wurde.

»Wir müssen über die Arbeit reden. Aber vorher brauche ich einen Kaffee.«

Mit den einzigen beiden Institutstassen ging ich in die Küche. Ich traf auf die Sekretärin des Instituts für Angewandte Philosophie, die sich gerade einen Beuteltee aufgoss. Ich bemerkte, dass ihr Kopf und ihre Schultern mit Farbe und Putz besudelt waren.

»Bei mir kommen die Wände runter«, erklärte sie. »Wahnsinnig feucht alles. Es gibt eine australische Methode, bei der man flüssigen Kautschuk in die Wände spritzt, aber der Universität fehlen die Mittel.«

Ich erzählte ihr, dass bei mir die Decke runtergekommen war. Doch weil ihr missfiel, dass mein Desaster größer war als ihres, beschloss sie, es vollständig zu ignorieren.

»Ich weiß noch nicht mal, an wen ich mich wenden

soll«, fuhr sie fort. »Der Hausmeister ist krank. Eine schwere Depression. Ich habe ihn neulich aufgesucht, damit er was unternimmt. Minutenlang hat er auf die Wand gestarrt und dann gesagt, dass der Fleck ihn an das Gesicht von jemandem erinnerte. Keine Ahnung, an wen, aber plötzlich fing er an zu weinen. Ich musste mit ihm noch einen Kaffee trinken. Und jetzt traue ich mich nicht mehr, ihn noch mal anzurufen, und wenn das ganze Gebäude zusammenfällt.«

Die Sekretärin des Instituts für Angewandte Philosophie schien bereit, mir mehr von ihrem Ungemach zu erzählen, aber Conde erwartete mich. Ich ging mit den beiden Kaffees zurück. Conde hatte derweil eine Aktentasche aus gerilltem Leder auf den Schreibtisch gelegt. Der Griff war mit Sisalband umwickelt.

»Das ist mein Schatz«, verkündete er, ohne die Tasche zu öffnen. So, als sollte das die Spannung steigern. »Die einzige noch vorhandene Erzählung Broccas. Eine Kurzgeschichte.«

Er nahm die Aktentasche und schüttete den Inhalt auf den Schreibtisch. Aus der kleinen Mappe fielen Hunderte von ungeordneten Seiten.

»Ich habe noch zwei Kisten voll zu Hause. Die bringe ich Ihnen demnächst.«

Vor mir lagen handgeschriebene Blätter, auf elektrischen und mechanischen Schreibmaschinen getippte, fotokopierte, in Zeitungen abgedruckte Blätter … einige waren zerknittert, andere glatt oder fleckig, ausgeschnitten, aufgeklebt … Sie alle trugen die gleiche Überschrift: »*Substitutionen* von Homero Brocca«. Ein Blick allerdings reichte, um festzustellen, dass diese ganzen Fassungen nicht in einer Zeile übereinstimmten.

Ohne die Augen von den Papieren zu nehmen, setzte ich mich. Das war das Material, mit dem ich arbeiten sollte. Ich fragte mich, wie es passieren konnte, hier zu landen, hier in diesem Raum namens Krypta. Was in meiner Jugend schief gelaufen war, dass meine Bestimmung sich als vergilbtes Papier erwies.

»Habe ich Ihnen die Geschichte des Textes schon erzählt? Homero Brocca sympathisierte mit einer Extremistenorganisation, die ihn später beschuldigte, als Doppelagent tätig zu sein. Zu dieser Zeit schrieb er die Erzählung, die in einer der Organisation nahe stehenden Zeitschrift veröffentlicht wurde. Schon vor der Veröffentlichung aber nahm der Chefredakteur einige Veränderungen am Text vor, um seinen Agenten heimliche Botschaften zukommen zu lassen. Das war die erste Transformation. Monate später nutzten bereits etliche politische Gruppierungen die Erzählung zum Austausch ihrer Mitteilungen. So weit, so gut, mit der Zeit vervielfachten sich die Fälschungen, und vom Original blieb nichts übrig. Was man vor Jahren noch als die ursprüngliche Version definiert hatte, ist im Licht des heutigen Forschungsstandes ein apokrypher Text. Und ich warne Sie, das chronologische Argument führt nicht weiter, denn ich glaube, Brocca hat Jahre nach der Erstveröffentlichung die Originalfassung unter dem Anschein, es handele sich um eine weitere Fälschung, noch einmal publiziert. Einige der vermeintlich abwegigen Varianten sind eine Rückkehr zum Original. Unsere Aufgabe ist es, anhand der vorhandenen Fassungen den ursprünglichen Text zu rekonstruieren.«

Ich fragte ihn, wie er es geschafft hatte, an diesen Papierberg zu kommen.

»Ich habe jahrelang gesammelt. Einige Fassungen fand ich in Literaturzeitschriften, andere in politischen Pamphleten, die an der Universität kursierten. Mein Bruder, der Psychiater ist, hat mir sehr geholfen. Er arbeitete viele Jahre in einem Zentrum für psychisch Kranke, das sich auf mentale Störungen von Intellektuellen spezialisiert hat. Viele seiner Patienten kamen mit an der Kleidung festgenähten oder mit Stecknadeln ans Hemd gehefteten Texten zu ihm. Mein Bruder machte therapeutische Übungen mit ihnen, die darin bestanden, die Erzählung umzuschreiben. Was müssen Sie sonst noch wissen? Ich muss die Arbeit im September vorstellen.«

»Das ist knapp. Wenn wir einen Computer hätten, könnten wir alle Texte eingeben und anhand bestimmter Parameter nach Übereinstimmungen suchen. Es gibt Programme, die einen Text nach stilistischen Merkmalen durchkämmen ...«

»Keine Rede davon, ich möchte, dass Sie lesen und sich von Ihrer Intuition leiten lassen. Überlassen wir die Stilometrie den Bürokraten. Zu besagtem Zeitpunkt muss ich mit Ihren Ergebnissen rechnen können. Ich verspreche Ihnen, dass in der Publikation Ihr Name direkt neben meinem erscheint.«

Am Ende der Unterredung gab Conde mir einen Schlüssel zu seinem Büro, damit ich die Unterlagen verwahren konnte.

»Niemand hatte jemals diesen Schlüssel. Heute wird Ihnen diese Ehre zuteil. Ich hoffe, Sie wissen das zu schätzen.«

Ich wollte den Schlüssel ablehnen, aber Conde, der das meiner Bescheidenheit zuschrieb, bestand darauf. Es blieb mir nichts anderes übrig, als ihn schließlich einzustecken. Nachdem ich allein war, versicherte ich mich mit einer gründlichen Durchsuchung des Zimmers, dass die Romane Broccas nicht dort waren, und setzte mich an den Schreibtisch, um die einzelnen Fassungen der Erzählung zu lesen.

Weil mir wenig Zeit blieb, musste ich mir noch vor der Lektüre des Materials eine Strategie zurechtlegen. Ich nahm eine der wenigen datierten Fassungen der Erzählung. Deren Struktur ordnete ich alle sich in den anderen Versionen wiederholenden Merkmale zu. Es gab ungeheuer lange Fassungen, andere hatten nur wenige Zeilen, die nicht selten auf die Rückseite einer Postkarte geschrieben waren (sie wirkten wie kunstvolle japanische Gedichte). An den folgenden Tagen vergrub ich mich buchstäblich in die Papiere, konzentriert auf meine zweifelhafte Statistik und mit den Gedanken immer wieder abschweifend. Die Schaffenslust kam und ging, und oft verfiel ich in größte Langeweile.

Schon immer hatte ich meine geheimen Leben, Bilder, die ich mir zurechtlegte, um mich zu definieren, von denen niemand je erfuhr und die nie niedergeschrieben wurden. Die Geschichte, die ich mir erzählte, ging so: Ich war ein Häftling, den man in eine Einzelzelle gesteckt hatte, damit er sich mit bedeutsamen, die gesamte Nation betreffenden Dokumenten beschäftigte. Man hatte ihm dafür die vorzeitige Entlassung zugesichert, aber der Gefangene hatte Angst, bei seiner Recherche auf ein so brisantes Geheimnis zu stoßen, dass man ihn im Erfolgsfall sofort exekutieren würde.

Die andere Geschichte war die des Verlegers: Da gibt es ein sehr hohes Gebäude, in dem Bücher lagern. Im obersten Stock sitze ich, der Verleger: An meinem riesigen Schreibtisch vorbei defiliert eine endlose Schlange von Autoren, die mir alle eine oder hundert Seiten zu einem Thema bringen, das ich selbst ihnen vor ewigen Zeiten einmal zur Inspiration genannt hatte. Der Verleger akzeptiert nur die Manuskripte, die er selbst in Auftrag gegeben hat. Aber selbst die akzeptiert er nicht bedingungslos, weil es ihm unerträglich scheint, nicht der Urheber des ganzen Textes zu sein. Der Verleger, also ich, liest, was man ihm bringt, und akzeptiert es weder, noch weist er es zurück: Er verkündet den vorstelligen Schriftstellern, dass ihr Werk Teil eines Buches wird, welches schon bald erscheinen wird. Aber dieses Buch flottiert, ist immer im Wandel und existiert nur im Kopf des Verlegers. Sein geheimer Plan ist es, alle diese Seiten in einer einzigen Erzählung zu verarbeiten, die sich aus den Fragmenten von Tausenden von Schriftstellern zusammensetzt, aber hinter der schließlich seine eigene ursprüngliche Idee aus alten Jugendtagen zu erkennen ist.

Ich arbeitete nur, wenn ich allein im Institut war, weil dazu die Tür abgeschlossen sein musste. Professor Granados kam ausgesprochen häufig unter allen möglichen Vorwänden, insbesondere aber um mich zu fragen, wie mir ihr Gedichtband gefallen hatte, und um mich für ihre Sache zu gewinnen. Doch das war nicht mein einziges Problem. Der Zustand einer Institutswand verschlechterte sich bedrohlich schnell. Ich wollte den Vorfall der Sekretärin des Instituts für Angewandte Philosophie erzählen, doch an ihrer Tür hing ein Schild mit der Aufschrift »Geschlossen«, und ich erfuhr, dass auch bei ihr die Decke heruntergekommen war. Die Sekretärin musste einen Tag zur Beobachtung ins Krankenhaus. Alarmiert machte ich mich auf die Suche nach dem Hausmeister, damit der sich um meine Wand kümmerte.

Ich begegnete ihm erst drei Tage später. Ich schloss gerade mein Büro ab, als ich ihn am Ende des Flurs sah. Er hatte das Gesicht eines Zombies. Durch sein Äußeres neugierig geworden (er musste in den letzten Wochen mindestens zehn Kilo verloren haben), steckte ich die Schlüssel ein und folgte ihm. Im vierten Stock verlor ich ihn aus den Augen. Hier begann eine andere Welt, eine lautlose, ohne Leben. Aus den toten Papieren, die hier Jahr für Jahr gesammelt wurden, drang absolute Stille, und auf die brüchige Architektur legten sie sich wie ein Muster aus engen Gängen, Brücken, wackligen Säulen und unzugänglichen Pfaden. Zum ersten Mal offenbarte sich mir, dass diese Ordnung nicht zufällig war. Dass es einen Plan hinter dem vermeintlichen Chaos gab. Ich erkannte hinter den verwinkelten, aus alten Schriften errichteten Mauern die Tiefe einer ganz eigenen Welt, die nichts mit der der unteren Stockwerke zu tun hatte. Irgendwo dort regierte unsichtbar der Architekt.

Ich wollte nicht weiter in diesen unbekannten Ort vordringen. Lieber fragte ich beim Nachtwächter nach dem Hausmeister. Zaghaft klopfte ich an die Tür.

Der Sichtschutz vor dem Spion wurde zur Seite geschoben.

»Wer ist da?«

»Miró, von der Nationalen Literatur. Ich suche Señor Vieyra.«

»Und warum suchen Sie ihn hier?«

»Ich habe ihn raufgehen sehen.«

»Glauben Sie, ich hab ihn versteckt?«

»Haben Sie ihn nicht gesehen?«

»Ich geh nicht raus. Ist nicht meine Zeit. Ich bin der Nachtwächter. Der Nachtwächter arbeitet nachts. Und überhaupt, was soll der Hausmeister hier? Verschwinden Sie, und zwar schnell. Die Säulen sind brüchig und können umfallen. Stellen Sie sich vor, eine fällt über Ihnen zusammen. Stellen Sie sich mal Ihre Schreie vor, die niemand hört.«

Der Mann entfernte sich. Ich lief die Treppe bis zum vierten Stock hinunter. Ich wollte schon weiter zum dritten, da glaubte ich am Ende eines Flurs eine Bewegung wahrzunehmen. Der Gang war so schmal, dass meine Schultern die Papierwände streiften, bis ich schließlich in ein winziges Zimmer und von dort aus in einen Raum gelangte, in dem sich alte Schreibpulte stapelten. Ich suchte das Schlupfloch zur Treppe. Aber plötzlich bot sich mir ein ganz anderes Bild, als hätte jemand hinter meinem Rücken die Möbel verstellt.

Alle Fenster waren verschlossen, und auf meinem Weg wurde es zunehmend dunkler. Ich hörte ein Geräusch wie das Miauen einer Katze und versuchte mich an ihm zu orientieren. Ziellos irrte ich durch die Gänge, auf der Suche nach einem Funken Licht, der hinter den Wänden aufleuchtete und wieder erlosch. Nach einer Weile stieß ich auf ein kaputtes Fenster, durch das man in die Nacht und auf den Hafen sehen konnte. Neben dem Fenster stand der Hausmeister und schluchzte heillos. Ich berührte ihn an der Schulter, doch er regte sich nicht, als wäre einer von uns ein Gespenst.

»Ich komme hier nicht raus«, sagte er, ohne mich anzusehen.

Er suchte einen Führer. Ich begriff, dass ich in der Pflicht stand, und zerrte ihn durch die erdrückende Enge der Gänge. Er gehorchte mir blind. Im vierten Stock waren die Fahrstuhltüren blockiert. Über die Treppen lenkte ich ihn bis zu seinem Büro im Erdgeschoss. Fast hätte ich ihm von meinem Problem mit der Feuchtigkeit erzählt, hielt den Moment dann aber doch nicht für günstig. Stotternd bedankte sich der Hausmeister und schloss die Tür. Es war das letzte Mal, dass ich ihn lebend sah.

Der Kongress: Vorbereitungen

Um diese Zeit mussten die Letzten der Kaimane zwei schwere Niederlagen einstecken – eine Hochzeit und einen Umzug. Jorges Ankündigung, er werde heiraten, war für die restlichen Mitglieder Hochverrat. »Ich komme schon noch«, versprach er. »Jeden Mittwoch bin ich dabei, ob es hagelt oder schneit.«

Das hatten schon andere vor ihm versprochen und zu halten versucht, und alle waren gescheitert. Am Willen mangelte es dabei nicht. Gleich nach der Heirat sind die meisten noch ein paarmal gekommen, aber früher oder später verlor sich das. Anfangs entschuldigten sie sich noch vage, dann distanzierten sie sich und machten uns zu den weltfremden Hütern einer Hand voll Anekdoten, die nur verstand, wer sie erlebt hatte. Das Schlimmste war, dass jedes Mal, wenn einer ging, der Rest sich misstrauisch beäugte und fragte, wer der Nächste sein würde. Wir redeten in einer Sprache, die außer uns niemand verstehen konnte. Wir waren die letzten Exemplare einer aussterbenden Spezies. Unter Hohn und Spott stießen wir auf die Hochzeit von Jorge an. Als der Besitzer der

Pizzeria ›Der Kaiman‹ uns mit hoch erhobenen Gläsern sah, kam er an unseren Tisch und erzählte, dass das Lokal zum Verkauf ausstand und dass der neue Eigentümer den Laden dichtmachen werde. Wir müssten uns wohl einen anderen Treffpunkt in der Gegend suchen. Die Nachricht verdarb uns die Laune, doch sie überraschte uns nicht: Von jeher hatten wir uns gefragt, wie ein so dreckiger und trister Laden überleben konnte.

Als ich dann auch noch von den Ereignissen der letzten Tage zu erzählen begann, wurde die Stimmung meiner Zuhörer immer düsterer. Entsprechend verständnislos reagierten sie auf die Arbeit, die mir bevorstand.

»Alte Papiere sortieren. Was bringt dir das? Verbrenn den ganzen Kram«, sagte Diego, um überhaupt etwas zu sagen. Es war, wie immer, nichts Gehaltvolles.

»Such dir einen anderen Job. Mach es wie ich. Ich habe von einem Tag auf den anderen gekündigt und bei der Bank angefangen. Jetzt verdiene ich das Doppelte und arbeite die Hälfte«, schlug Jorge vor.

Wir sahen ihn missbilligend an. Jorge war nicht in der Situation, andere kritisieren oder jemandem gute Ratschläge geben zu können. Jeder wusste, dass sein zukünftiger Schwager ihm den Job besorgt hatte.

Wie immer sah Grog die Dinge aus einer ganz anderen Perspektive.

»Sinnlose Arbeit ist die beste Methode, sich selbst kennen zu lernen. Je sinnloser eine Tätigkeit, umso besser dient sie der Selbstdisziplin, weil man schmerzhaft auf sich zurückgeworfen wird. Hat eine Aufgabe keine Bedeutung, muss man eine erfinden. Für die Meister des Zen steckt in jeder Handlung eine Fülle an Sinn: ob man die Wohnung fegt, Geschirr spült, den Tee zubereitet.«

Wir verstanden nicht, was er meinte. Zur Illustration seines Gedankens erzählte er uns ein Zengleichnis: »Ein Meister beauftragt seinen Schüler damit, eine blaue Vase mit einem Lappen zu polieren. Behutsam erledigt er die Aufgabe. Am nächsten Tag sieht sich der Meister die Vase an und fragt den Schüler, warum er die Arbeit nicht zu Ende gemacht hätte. Irritiert poliert er sie von neuem. Die Szene wiederholt sich mehrere Tage lang, bis der Lehrling die Vase in einem unachtsamen Moment umwirft. Er zeigt die Scherben seinem Meister. ›Die Vase war nicht ordentlich poliert‹, sagt der. Erst als jede einzelne Scherbe glänzt, zeigt sich der Meister zufrieden.«

Grog drohte schon mit einer weiteren Zengeschichte, die wiederum den versteckten Sinn der vorangegangenen erhellen sollte, aber da kam ich ihm mit meinem Bericht über den Kongress zuvor.

Eines Nachmittags erschien Conde mit zwei weiteren Kisten der *Substitutionen.* Er erkundigte sich nach dem Stand meiner Arbeit. Ich log gut. »Anweisungen?«, fragte ich. »Keine Zeit«, antwortete er. »Mich erwartet eine Konferenz über das modernistische Sonett. Ich habe diese Vorträge wirklich satt. Angeblich mache ich es immer besser, aber ich kann meine eigene Stimme nicht mehr hören.«

Kaum war er weg, tauchte ein korpulenter Mann mit rötlichem Bart im Institut auf und fragte nach einer der jüngsten Arbeiten Condes über Brocca.

»Conde ist gerade gegangen«, sagte ich.

»Zu dumm, dass ich ihn verpasst habe. Wir haben uns vor ein paar Jahren kennen gelernt.« Er streckte mir die Hand hin. »Mein Name ist Victor Novario. In diesem

Gebäude habe ich schon studiert, aber dann unterrichtete ich an der Universidad del Sur. Die Großstadt hat mich verrückt gemacht. In den Bergen hingegen herrscht ein Frieden, den ich gegen nichts eintauschen möchte.«

Beiläufig erzählte ich, dass ich in einem Zeitungsartikel über die extrem hohe Rate an Verbrechen aus Leidenschaft und über psychotische Erkrankungen in den Gemeinden am südlichen Pazifik gelesen hatte. Brüsk wechselte er das Thema.

»Wissen Sie, ob Conde etwas Neues über Brocca geschrieben hat? Ich bin ebenfalls Spezialist auf diesem Gebiet, und es wäre wichtig, meine jüngsten Entdeckungen mit seinen zu vergleichen. Ein Mensch allein kann diese ganzen Rätsel nicht bewältigen.«

»Conde arbeitet immer über Brocca. Aber er redet mit mir nicht darüber.«

»Ich werde Ihnen einen Brief für Doktor Conde dalassen.« Er zog einen Umschlag aus der Aktentasche. »Ich organisiere den ersten Kongress über das Werk Broccas. Die Teilnahme Condes als des einzigen Kenners der verlorenen Schriften ist dabei unverzichtbar. Wenn wir die Veranstaltung ordentlich publik machen, tauchen die Bücher vielleicht wieder auf.«

Novario gab mir den Brief und die Telefonnummer des Hotels Ancona in der Avenida de Mayo, in dem er wohnte. Ich fragte ihn, ob auch Selva Granados unter den Teilnehmern war.

»Selbstverständlich. Was bleibt uns übrig?« Mit Blick auf die beiden anwesenden Studenten fuhr er mit gesenkter Stimme fort. »Wir könnten für den Kongress etwas Presse gebrauchen. Hat das Institut Kontakte zu den Medien?«

Betreten blickte ich zu Boden.

»Egal«, sagte Novario. »Ich werde bei den Redaktionen anklopfen. Irgendwann müssen sie sich mit den wichtigen Themen beschäftigen.«

An jenem Abend rief ich Conde in der Academia de Letras an, um ihm zu sagen, dass ich einen Brief für ihn hatte.

»Ein Kongress, organisiert ausgerechnet von dem unseligen Novario! Das ist Wahnsinn! Homero Brocca gehört mir! Niemand hat das Recht, auch nur eine Kirmes in Broccas Namen zu veranstalten.« Es war allgemein bekannt, dass Conde schon früher vor Dritten laut geworden war. Ich hörte, wie er sich entschuldigte (bei den anderen, nicht bei mir), dann legte er auf.

Als Novario erneut im Institut erschien, teilte ich ihm Condes Absage mit. Er sagte, dass der Kongress trotzdem auf jeden Fall stattfinden würde. Es gelang ihm, für zwei Tage den Konferenzraum zu bekommen. Außerdem handelte er mit der Verwaltung den Druck von 300 Plakaten aus, die er selbst in den Fluren, Fahrstühlen, an Türen, Säulen und sogar im Institutssekretariat aufhängte:

Erster Kongress über das Werk Homero Broccas (mit Aussicht auf Gründung einer Kommission zur dauerhaften Würdigung).
Präsident: Professor Victor Novario, Universidad del Sur.

Erster Tag: Dissertation »Die kulturellen Wurzeln in den Texten Broccas« von Victor Novario und »Lautverschiebung und Begehren in der Erzählung ›Substitutionen‹« von Professor Selva Granados.

Zweiter Tag: Diskussionsrunde zum Thema »Wahrheit und Witz in der Biografie Homero Broccas« unter Anwesenheit von Victor Novario, Selva Granados und des Publikums.
Anmeldung in Bedelía. Teilnehmerzahl begrenzt.

Ich weiß, dass Conde mit dem Argument, der Kongress sei ein politischer Winkelzug gegen ihn, all seinen Einfluss geltend machte, um zu verhindern, dass Novario den Raum gestellt bekam und die Universität die Schirmherrschaft übernahm. Die Verantwortlichen der Universität trafen sich mit ihm und erklärten ihrerseits, dass eine Unterbindung des Kongresses von den Universitäten des Landesinneren als Winkelzug gegen sie verstanden werden konnte.

Doktor Conde wechselte daraufhin vom institutionellen Beschwerdeweg auf den extremistischen Pfad des Einzelkämpfers: Ich ertappte ihn dabei, wie er heimlich alle Ankündigungsplakate abriss. Novario war mir nicht sympathisch, aber ich bewunderte doch seinen Enthusiasmus. Am folgenden Tag hatte er bereits die doppelte Anzahl Plakate aufgehängt. Er schaffte es sogar, sich im richtigen Moment der Krypta zu nähern, um seine Einladung auf der Tür zur geheimen Kammer zu hinterlassen.

Der Kongress: Ergebnisse

In dem Bericht über den ersten Kongress zum Werk Broccas heißt es,
1) dass fünfundvierzig Anmeldungen vorlagen,

2) dass die Diskussionen hitzig, aber fair geführt wurden,
3) dass, wenn man auch zu keiner gänzlichen Einigung bezüglich der Ungereimtheiten in Broccas Leben und Werk fand, die noch zu verifizierenden Übereinstimmungen doch überwogen,
4) dass für Doktor Conde, der leider nicht teilnehmen konnte, ein Ehrensessel reserviert blieb.

Weil ich dem Kongress zeitweilig beiwohnte, kann ich Folgendes hinzufügen:
1) Die Zahl der anwesenden Personen lag bei sieben, Granados, Novario, mich und eine Hilfskraft eingeschlossen.
2) Der Sprung von der Meinungsverschiedenheit zur wüsten Beschimpfung gelang Novario und Granados mühelos. Nur in der Kritik an Conde waren sie sich einig.
3) Der Kongress vergrößerte die bestehende Verwirrung um Homero Brocca. War das überhaupt sein wahrer Name? War er der Autor der *Substitutionen*?
4) Vor der Eröffnung stellte Novario einen dreibeinigen, aufgeschlitzten Sessel mit hervorquellendem Polster vor das Publikum und legte ein Pappschild mit der Aufschrift »Dem emeritierten Doktor Conde« darauf.

Die zwei Tage des Kongresses schmolzen auf einen zusammen. Zuerst sprach Novario, der sofort von Selva Granados unterbrochen wurde. Einer Frau aus dem Publikum – Novario hatte sie aus dem Süden mitgebracht – gelang es, sie zum Schweigen zu bringen. Novario redete stundenlang. Ich ging zum Mittagessen, kam wieder, und er war immer noch beim selben Thema.

Als Granados an der Reihe war, rächte sich Novario für ihre ständigen Unterbrechungen, indem er pausenlos mit seiner Freundin tuschelte und sich über die Fehler der Rednerin amüsierte – es waren einige. Auch versuchte er die ganze Zeit vehement, im Publikum Stimmung gegen sie zu machen. Als Granados das bemerkte, gingen die Beleidigungen los. Doch über den Austausch von Gemeinheiten verlor man das Thema keineswegs aus den Augen; während munter »Idiot« und »Blödmann« skandiert wurde, entwickelte man seine Argumente weiter, gerade so, als verlangte die Analyse von Broccas Werk den verbalen Krieg als Methode. Und inmitten dieses Wirrwarrs hatte ich zum ersten Mal das Gefühl, dass der Geist Broccas lebendig wurde, dass er selbst irgendwann einmal diese lautstarke Szene inszeniert hatte, die zwei maßlose Akteure und einige Statisten vor mir aufführten und von der ich selbst ein Teil war.

Hinten im Raum nahm ich einen Mann wahr, dessen Gesicht von einem schwarzen Hut verdeckt war. Wie ich ging auch er während der tumultartigen Auseinandersetzungen. An seinem Gang erkannte ich Conde, der die ganze Zeit über anwesend gewesen war, ohne sich zu erkennen zu geben.

Als ich gegen acht das Institut verließ, traf ich die Granados, die trotz ihrer zerwühlten Kleider, der verrutschten Frisur und des zerlaufenen Make-ups überglücklich schien. Novario traf ich auch noch, abgezehrt, blass, erschöpft. Streitigkeiten machen die Frauen erst richtig wach. Uns Männer zerstören sie, dachte ich.

Die beiden hatten im gegenseitigen Einvernehmen auf

eine Fortsetzung am nächsten Tag verzichtet. Der Kongress war zu Ende. Seither hatte es keinen weiteren zu Ehren Homero Broccas gegeben.

Novarios Geheimnis

Ich glaubte, Novario niemals wieder zu sehen. Doch er hatte erfahren, dass ich in der Krypta die Fassungen der Erzählung aufbewahrte, und so kehrte er zurück.

Das kam so: An jenem Abend des Kongresses ging Novario auf sein Zimmer im Hotel *Ancona*, Avenida de Mayo, und nachdem er geduscht und sein neues moosgrünes Jackett angezogen hatte, kam er plötzlich auf die Idee, Selva Granados zum Abendessen einzuladen. Gewiss hatten sie sich den ganzen Tag beschimpft, aber letztendlich hatten sie doch einen gemeinsamen Feind, der mächtiger war als sie beide zusammen.

Sie verabredeten sich in einem spanischen Restaurant, und nach ein paar Flaschen vom roten Hauswein spannen sie einen gemeinsamen Plan. Sie wussten, dass Doktor Conde am selben Tag an einer Diskussionsrunde des Schriftstellerverbandes teilnahm, und wollten ihn nach der Veranstaltung am Ausgang abfangen.

Nach dem, was Granados mir hinterher erzählte, schrie Conde um sein Leben, als die beiden ihn an einer dunklen Ecke stellten, überzeugt davon, dass sie ihn umbringen wollten. Schließlich ließ er sich beruhigen und in ein Café schleppen. Dort war ihm schon wohler, aber der Schreck saß. Granados und Novario versuchten ihn davon zu überzeugen, die geheimen Papiere Broccas herauszurücken. Doch Conde blieb dabei, dass er sie nicht hatte, dass sie aus dem Institut gestohlen worden waren.

Die Zeit verging; Conde erholte sich, die Angst wich; die anderen beiden, inzwischen schläfrig, murmelten weiter müde Drohungen. Als sie zum wiederholten Mal bekräftigten, dass sie ihm nicht glaubten, fuhr Conde hoch:

»Sie wollen etwas, was ich nicht habe, und noch dazu ohne Gegenleistung. Wie sollen wir wohl ins Geschäft kommen?«

Novario entschied sich für Provokation. Lange Jahre, eröffnete er, habe Conde von dem Privileg gezehrt, der einzige Leser Broccas gewesen zu sein. Nun sei der Moment gekommen, die Texte zu zeigen oder die Rechnung zu zahlen. Brocca, sagte er, sei auf dem besten Wege, in Vergessenheit zu geraten. In diesen Abgrund reiße er Conde, den treuen Interpreten seiner Absenz, mit sich.

Conde ließ sich verunsichern. »Sie wollen Neuigkeiten?«, fragte er. »Wenige Tage noch, und ich veröffentliche die endgültige Fassung von Broccas Erzählung, basierend auf der Analyse zighundert anderer.« Als sie wissen wollten, wer ihm dabei half, antwortete Conde nicht. Aber es war nicht schwer zu erraten. Selva Granados und Victor Novario gingen und ließen Conde mit der Rechnung für sechs Kaffee und drei Kognak sitzen.

Am nächsten Tag bekam ich Besuch von Novario. Zunächst plauderte er, deutete an, dass er eine fantastische Nacht mit Professor Granados verbracht hatte, worum ich ihn in keinster Weise beneidete. Dann aber setzte er sich selbstsicher auf einen eher unsicheren Stuhl und meinte: »Reden wir vom Geschäft.«

Für einen Universitätsprofessor war die Summe, die er im Folgenden nannte, ausgesprochen beachtlich. Ich fragte ihn, wie er das geschafft hatte.

»Die Universidad del Sur ist sehr am Erhalt der Schriften interessiert, und die Finanzabteilung hat einen bescheidenen Zuschuss bewilligt. Vor einiger Zeit wurde ein Textarchiv eingerichtet, aber bislang konnten wir nur einige Briefe zweitklassiger Autoren, ein auf eine Serviette gekritzeltes Gedicht sowie den zweifelhaften Entwurf eines berühmten Romans erstehen.«

»Wenn ich Ihnen die Schriften verkaufe, sind wir beide erledigt.«

»Darüber habe ich schon nachgedacht. Conde ist viel zu sehr in das Verschwinden der Romane von Brocca verwickelt, als dass er an großem Rummel interessiert wäre. Wissen Sie, was man sich so erzählt? Dass er die Bücher an eine nordamerikanische Universität verkauft hat.«

Halbherzig verteidigte ich Condes Integrität. Novario ließ das unbeeindruckt. Er verdoppelte schlicht den ursprünglichen Betrag. Ebenso wie zuvor Granados musste ich auch ihm erklären, dass Conde ein Freund meiner Mutter war, den ich nicht hintergehen konnte. Von meiner Entschlossenheit entmutigt, gab Novario mir die Hand und ging. Vom Eingang des Instituts sah ich noch, wie er sich über den Flur entfernte und im Vorbeigehen die Kongressplakate von der Wand riss.

Ich war schon auf dem Nachhauseweg, als ich merkte, dass ich meine Brille im Institut vergessen hatte. Ich brauchte sie abends zum Fernsehen. Eilig lief ich zurück und fand die Tür zum Institut offen.

Leise trat ich ein. Am Empfang war niemand, im zweiten Saal auch nicht. Am Ende der Höhle entdeckte ich Novario. Vor der Tür kniend, holte er aus einer Pappkiste mit Dutzenden von Schlüsseln einen nach dem anderen heraus und probierte ihn.

Auf Zehenspitzen schlich ich mich an und legte ihm die Hand auf die Schulter. Erschrocken drehte er sich um und sah mich panisch an.

»Was genau machen Sie da, Professor?«, fragte ich betont freundlich.

»Gott sei Dank sind Sie es. Dachte schon, es wäre Conde.« Mit einem Taschentuch wischte er sich über die Stirn.

»Wenn Doktor Conde davon erfährt, wird er Sie bei der Universidad del Sur denunzieren. Dann ist Schluss mit der Karriere«, rief ich übermütig.

Unter stummem Flehen faltete er die Hände, während ich mich in Rage redete. Nicht, dass ich ernsthaft daran dachte, Conde, der mir noch unsympathischer war als Novario, von dem Vorfall zu berichten, aber es gefiel mir, den Professor ein bisschen leiden zu lassen. In dem Glauben, ich könnte ihn wirklich verraten, versuchte er mich bei meinem Ehrgeiz zu packen.

»Hören Sie doch auf mit der Loyalität. Überlegen Sie mal, sobald Sie mit Ihrer Arbeit fertig sind, erntet Conde die Lorbeeren, und Sie werden bestenfalls in der Danksagung erwähnt. Das könnte anders sein.«

»Sagen Sie mir, wie …«

»Wenn Sie diesen unglücklichen Vorfall vergessen könnten, verspreche ich Ihnen, Sie auf meine Expedition mitzunehmen.«

Ich dachte an den Dschungel, an verlassene Inseln, unerreichbare Seen, vereiste Gipfel.

»Eine Expedition wohin?«

»In den vierten Stock. Und ich sage Ihnen jetzt etwas, was nur ganz wenige wissen: Ich war einer der Teilnehmer der Expedition Marsillach.«

Ich erinnerte mich, in einem Bericht der Fakultät einen Artikel mit der Überschrift *Ursachen der Schließung des vierten Stocks: Wissen besetzt Raum* über eine zwanzig Jahre zurückliegende Expedition gelesen zu haben, in dem allerdings nichts über die erzielten Ergebnisse gestanden hatte. Novario setzte sich auf einen Stuhl, stützte die Ellenbogen auf den Tisch, und als Gegenleistung für mein Schweigen erzählte er mir seine alte Geschichte.

Die Expedition Marsillach

»Zu jener Zeit studierte ich bei Marsillach, Professor für kommunikative Wahrnehmung und Rhetorik, und ich war blind vor Ehrfurcht«, hob Novario an. »Ich war sein Lieblingsschüler. Eines Abends, nach einer seiner üblichen dreieinhalbstündigen Vorlesungen, lud er mich in eine Bar ein, und nachdem ich gelobt hatte, nichts zu verraten, erzählte er mir zum ersten Mal von der Expedition. Es ist nicht leicht, ein solches Versprechen zu halten, wie es immer schwer fällt, über verdiente Anerkennung, wenn sie einem zuteil wird, zu schweigen. Aber ich beschloss, sein Vertrauen nicht zu missbrauchen.

Eines Nachts trafen wir uns in Marsillachs Haus. Wir waren fünfzehn: zehn Studenten, drei Hilfskräfte und die beiden außerordentlichen Professoren Marsillach und Thompson, zuständig für Dokumentation und Archiv.

Wir einigten uns, Pseudonyme zu benutzen. Wir Jüngsten suchten uns die Namen von Helden aus: Sandokan, Poncho Negro, Flash Gordon. Professor Marsillach bevorzugte den subtileren Spitznamen Alpenglühen.

An einem Montag dann versammelten wir Studenten uns im Konzertsaal und warteten still, bis das Personal das Gebäude verlassen hatte. Wir wussten, dass der alte Nachtwächter zwei Wochen zuvor gestorben und noch kein neuer eingestellt war, was bedeutete, dass wir das Gebäude die ganze Nacht für uns hatten. Wir gingen hoch in den vierten Stock und begannen mit der Expedition.

Zunächst teilten wir uns in Gruppen auf. Unsere Mission war es, alles zu notieren, was irgendwie von Bedeutung sein konnte: Dokumente aus der Jahrhundertwende, Monografien bekannter Persönlichkeiten, Kurioses und Eigenartiges, verirrte Geheimprotokolle. Ich seilte mich schnell von meiner Gruppe ab, deren studentisch-institutionelles Gerede mich anödete. Zwei andere Gruppen schienen mir engagierter, also wollte ich mich ihnen anschließen, doch schon bald fingen sie an, mich nach meiner politischen Meinung zu fragen und ob ich nicht wer weiß welches Parteiblatt kaufen wollte. Ich machte kehrt. War es mein unwiderrufliches Schicksal, ein Einzelgänger zu sein? In den vergangenen Monaten hatte ich lediglich mit Marsillach ernsthafte Gespräche geführt, doch der nunmehr Alpenglühen genannte Professor war mit der Entschuldigung, er leide unter einer Stauballergie, zu Hause geblieben.

Ich hörte die fröhlichen Rufe meiner Kommilitonen, und ich hörte abgehacktes Gekicher aus einer Art in das papierne Gebirge gegrabenen Höhle am hinteren Ende, das mich sofort an die blonde Studentin mit dem kurzen Rock und der transparenten Bluse erinnerte, die von der Gruppe noch im letzten Moment aus nicht ganz durchschaubaren Gründen aufgenommen worden war. Doch die Geräusche verstummten, sobald ich mich hinter den Bergen von Monografien verschanzt hatte. Stundenlang durchforstete ich die Mappen und notierte in einem schwarzen Büchlein alle Informationen, die mir nützlich schienen. Unsere erste Aufgabe sollte es sein, eine Landkarte des vierten Stocks zu erstellen, wobei die Ordnersäulen wie natürliche Gegebenheiten kartografiert wurden; auf den Karten sollten die Jahre und die Themen der uns umgebenden Papiere verzeichnet werden. Allerdings wurde mir schnell klar, dass die Mappen vollkommen durcheinander lagen und es unmöglich war, eine Karte zu zeichnen, auf der sich die einzelnen Zonen einigermaßen voneinander abgrenzen ließen.«

Es war spät: Ich schlug Novario vor, in ein Café umzuziehen, weil die Fakultät bald geschlossen wurde. Wir gingen in eine Bar im Bajo, bestellten einen Wermut, und Novario erzählte weiter von seinen Jugendabenteuern.

»Mit der Zeit hatte ich genug von dem Herumgraben in alten Papieren und wollte schon zu den anderen zurückkehren, als ich auf vier blaue Hefte stieß. Während der Expedition hatte ich nur sehr wenige solcher Hefte gesehen. Die meisten davon dienten buchhalterischen Zwecken. Diese aber waren anders. Sie waren in einer winzigen, minuziösen Schrift voll geschrieben, mit großen Abständen zwischen den einzelnen Wörtern. Aufgeregt blätterte ich sie im Licht meiner Taschenlampe durch. Ich erinnere mich nur noch an einen Satz: »Ein Mann in einem Raum voller Papier entdeckt schließlich, dass diese Blätter um ihn herum bösartig sind, dass sie sich selbst beschreiben.« So hieß es, oder so ähnlich. Auf der letzten Seite stand der Name des Autors: Homero Brocca.

Ich maß den Heften nicht mehr Bedeutung bei als den anderen Aufzeichnungen und notierte den Fund in meinem Büchlein. Neben den Heften fand ich zwei weitere blaue Mappen, ebenfalls von Brocca unterschrieben. Der Name war mir bis dato völlig unbekannt. Vermutlich hätte ich eins der Hefte mitgenommen, doch etwas lenkte mich ab. Zunächst ein fürchterlicher Krach, als wäre einer der Stapel zusammengebrochen, und dann ein markerschütternder Schrei.

Ich rannte los, ergriff im Lauf den Arm der blonden Studentin, die noch ihre Kleider richtete. Eine Ratte, rief sie mir zu, deswegen habe sie geschrien. Der Vorfall reichte, um die Expedition für beendet zu erklären. Jemand erwähnte noch Papierflöhe, worauf wir uns alle zu kratzen anfingen. Das mittlere Durcheinander führte dazu, dass wir die Gruppe nicht auf ihre Vollzähligkeit überprüften.

Ohne zu ahnen, was mir entging, ließ ich meinen Schatz irgendwo im vierten Stock zurück. Wir verließen das Gebäude durch eine Seitentür, und dort erst bemerkte jemand, dass Doktor Honorio fehlte, ein Assistent von der Linguistik. Niemand hatte so recht Lust, erneut in den vierten Stock zu gehen, um nach ihm zu sehen. Vielleicht hatte er sich ja gelangweilt und war früher gegangen. Wir verabredeten einen Termin zum gegenseitigen Informationsaustausch und gingen unserer Wege. Die Tür ließen wir offen, falls Honorio doch noch im Gebäude war.

Am nächsten Tag telefonierte Professor Marsillach

mit der Pension, in der Honorio wohnte. Der Mann an der Rezeption versicherte ihm, dass der Gast die Nacht außerhalb verbracht habe und noch immer nicht zurückgekehrt sei. Sofort berief Marsillach mich und einen anderen Studenten seines Vertrauens (wobei der andere in seiner Gunst deutlich niedriger stand) zu einer Sondersitzung. Wie selbstverständlich redete ich ihn weiter mit Alpenglühen an, was Marsillach zu einer ungewohnt heftigen Attacke verleitete:

›Reden Sie keinen Scheiß, Novario. Merken Sie nicht, dass wir in Schwierigkeiten stecken?‹

Marsillach zeigte ein Benehmen, das sich deutlich von den in seinen Seminaren zur Redekunst gepredigten Regeln unterschied. (Das geschmeidige Wort, pflegte er zu sagen, ist eine Ausdrucksweise der Ethik.) Er erklärte uns, dass, obwohl die Universität von der Expedition wusste, keine befugte Stelle ein entsprechendes Papier unterzeichnet hatte. Er bat uns inständig, im Falle eines polizeilichen Verhörs seinen Namen herauszuhalten.

›Dass es wie ein Studentenstreich aussieht, der ein böses Ende genommen hat. Das ist für alle das Beste.‹

Als unser Grüppchen auf der Suche nach Neuigkeiten am Nachmittag vor dem Gebäude auftauchte, sahen wir einen Krankenwagen vor der Eingangstür. Sie hatten Honorio tot im vierten Stock gefunden, begraben unter Tonnen von Monografien. Folgende Version wurde in Umlauf gebracht: Der Assistent am linguistischen Fachbereich Carlos Honorio wagte sich im Wissen um die Abwesenheit jeglichen Wächters mitten in der Nacht allein in den vierten Stock der Fakultät hoch; um weiß der Himmel welches Manuskript zu holen, kletterte er auf eine fünf Meter hohe Papiersäule, die einstürzte.

Niemand bat uns um irgendeine Erklärung, der Vorfall wurde nie mehr erwähnt.

Jahre später fielen mir Brocca gewidmete Berichte von Conde in die Hände. Der Name kam mir irgendwie bekannt vor. Ich durchblätterte meine Unterlagen, und als ich den Namen in meinem Büchlein las, da begriff ich, dass ich damals ein großartiges verschollenes Werk in den Händen gehalten hatte, für das jeder Verlag ein Vermögen zahlen würde. Mehr als einmal versuchte ich, jene Ecke wieder zu finden, doch das Tageslicht bringt mich durcheinander, und ich irre ziellos umher. Um Erfolg zu haben, müsste ich die Bedingungen jener Nacht simulieren, ich müsste die damaligen Eindrücke wiederholen, die gleiche Dunkelheit von vor zwanzig Jahren herstellen ...«

Novario leerte sein Glas und bestellte noch einen Wermut. Er hatte sich vorgenommen, erläuterte er mir, darauf zu warten, dass es Nacht wurde, und hinauf in den vierten Stock zu gehen, wenn niemand mehr da war. Sein gleichmütiger Tonfall zeugte von einer tief verwurzelten Obsession. An irgendeinem Fleck da oben glaubte Novario das Zentrum seines Seins gefunden zu haben.

»Ich biete Ihnen an, mit mir zu kommen, wenn Sie dafür Conde kein Wort verraten.«

»Ich bin nicht auf Brocca spezialisiert. Warum sollte ich wohl eine Nacht frierend zwischen alten Aufzeichnungen verbringen?«

Novario ließ sein Schweigen für sich sprechen. Mit Erfolg. Es half nichts, dass ich mich an meine Verpflichtung Conde gegenüber erinnerte. Die Arbeit, mit der er mich beauftragt hatte, war die erste Einladung des geisterhaften Brocca, sein Schattenreich zu betreten. Hier kam die zweite. »In Ordnung«, sagte ich zu Novario, doch in Wirklichkeit antwortete ich Brocca.

»Gibt es einen Nachtwächter?«, wollte er wissen.

»Schon, aber vielleicht übernachtet er an seinem freien Tag außerhalb. Ich werde das herausfinden.«

»Wenn nicht, bestechen wir ihn.«

Solange die Leute mit mir reden, glaube ich ihren Worten, egal, was es ist. Doch kaum bin ich wieder allein, schwindet die Überzeugung, und ich stehe vor einem Loch, das die Erinnerung an das Gesagte nicht zu füllen vermag. Novario hatte das Institut noch nicht verlassen, da kamen Skepsis und Reue.

Am nächsten Tag ging ich zu einem der Verwaltungsbüros, die ich vor drei Wochen schon einmal aufgesucht hatte. Ein Mann in blauer Uniform war in sein Kreuzworträtsel vertieft, eine dicke Frau spielte Solitär. Ich fragte nach dem Hausmeister.

»War schon zwei Tage nicht mehr hier«, antwortete der Mann.

»So eine Depression ist was Schlimmes«, fügte die Frau hinzu. »Da sieht man alles schwarz, alles kalt, als ob plötzlich alles Leben raus wär. Ich weiß, wovon ich spreche, meinem Mann ist das passiert. Sie haben ihn mit einem Cocktail aus Antidepressiva rausgeholt. Jetzt befallen ihn manchmal euphorische Schübe, dann ist er unerträglich.«

»Es muss wohl das Gebäude sein, das Señor Vieyra so deprimiert«, schlug ich vor. »So groß, so schmutzig. Wie schlecht muss es erst dem Nachtwächter gehen, der hier immer schläft.«

»Erwähnen Sie den nicht«, sagte der Mann in Blau. »Das bringt Unglück.«

»Ach. Das wusste ich nicht. Seit wann?«

»Schon immer. Der wirkt doch wie ein Gespenst. Mit seinem komischen Helm.«

»Man sagt, er würde das Haus nie verlassen.«

»Falsch. In den Statuten steht, dass er am Freitag geht und vor Sonntag nicht wiederkommt. Früher hatten sie für das Wochenende einen anderen Wachmann eingestellt, aber seit zwei Jahren kommt keiner mehr.«

Ich rief Novario im Hotel Ancona an. Weil Freitag war und er seinen Aufenthalt in der Hauptstadt nicht mehr viel verlängern konnte, entschlossen wir uns, die Expedition noch in dieser Nacht zu starten.

Der vierte Stock

Ich verabredete mich mit Novario abends um halb zehn im Institut. Um zehn schloss das Wachpersonal ab und ging, womit wir das Gebäude bis zum Samstagmorgen ganz für uns allein hatten. Novario kam pünktlich, aufgeregt und in sonderbarem Aufzug. Er trug Springerstiefel, einen regenfesten Umhang, eine von einem Gummiband gehaltene Schutzbrille sowie Pfadfinderhosen. Auf dem Rücken hatte er einen Rucksack in Tarnfarben, der, so sagte er mir, Arbeitshandschuhe, Taschenlampen, ein Kampfmesser und eine Feldflasche enthielt.

»Ich habe auch ein paar belegte Brote dabei. Die Arbeit weckt meinen Appetit.«

Es machte mich nervös, wie er von rechts nach links

wanderte; ich bat ihn, sich hinzusetzen, bis das Gebäude menschenleer sein würde.

»Ich muss Ihnen etwas gestehen«, eröffnete Novario reumütig. »Ich schwöre Ihnen, dass mir nichts anderes übrig blieb …«

Sein Geständnis war überflüssig. Der feste Schritt, der donnernde Gruß und die aufgeschmetterte Tür waren nicht zu überhören. Triumphal hielt Professor Granados in gelbem Jogginganzug Einzug ins Institut und war völlig überzeugt davon, mich überrascht zu haben.

»Es ist besser, wenn wir zu dritt sind.«

»Was Sie gemacht haben, ist unentschuldbar.«

Granados trug eine Tasche voll gestopft mit Lebensmitteln bei sich, die gereicht hätten, anderthalb Monate im Eis der Antarktis zu kampieren.

»Einen Aperitif gefällig, bevor es losgeht«, bot sie an, um mich gnädig zu stimmen. Ich willigte ein. Sie zog drei Dosen Bier, Salami und Oliven aus der Tasche.

»Für mich ist das hier wie eine Exkursion. Ich komme mir vor wie damals in der Schule, wenn wir den Zoo besucht haben.« Ein Schatten huschte über ihr Gesicht. »Einmal hatte ich mich verlaufen, der Bus fuhr ohne mich, und ich wurde im Zoo eingeschlossen. Erinnern Sie sich nicht mehr an den Fall des Mädchens, das beinahe von einem Löwen verschlungen worden wäre? Das stand in allen Zeitungen.«

Ich war damals noch nicht geboren, Novario erinnerte sich nicht. Um Viertel nach zehn lauschte ich nach draußen, ob es dort inzwischen wirklich absolut still war. Es knirschte von allen Seiten, doch das waren die Geräusche des Gebäudes, das ein Eigenleben führte. Sie hatten nichts Menschliches.

Wir gingen der Reihe nach. Ich vorneweg, dahinter Granados, Novario als Schlusslicht. Wir hatten die Taschenlampen angeknipst, denn dort oben gab es keinen Funken Licht.

»Ist der Nachtwächter sicher nicht da?«, fragte Novario.

»Er ist am Wochenende nie da. Es sei denn, er macht eine Ausnahme.«

Während wir die Treppen hinaufstiegen, wurde Novario bewusst, dass in dieser Nacht er die Hauptrolle spielte.

»Jeder von uns muss ein Buch herausgeben. Ich stehe dem Projekt vor. Ich dachte vielleicht an Ausgaben mit einleitenden Aufsätzen und Fußnoten, mit denen wir die Machenschaften Condes enthüllen können. Was wäre wohl besser, ein kleiner oder eher ein internationaler Verlag?«

Im vierten Stock angekommen, waren die Massen Papier, die Stille und die Finsternis so vollkommen, dass Novario der Mut verließ.

»Ich glaube, sie haben die Sachen weggeräumt.«

»Brauchten Sie nicht gerade die Dunkelheit, um sich zu orientieren?«, fragte Granados provokant.

»Die Dunkelheit verändert sich mit den Jahren.«

Während Novario sich auf der Suche nach Anhaltspunkten ein Stück vorwagte, redete Selva leise auf mich ein.

»Und wenn er die Papiere findet und uns nichts sagt? Dann kommt er später noch einmal her, holt sie und nimmt sie mit in den Süden …«

»In diesem Fall bringen wir ihn um.«

Selva Granados, die die Angewohnheit hatte, alles wörtlich zu nehmen, lächelte mir zu. Erleichtert, auf dieser Welt jemanden gefunden zu haben, der genauso dachte wie sie.

Nach einer halben Stunde des Zweifelns traf Novario eine Entscheidung. Wir marschierten zuerst nach rechts, dann nach links, bis wir in einen beängstigend kleinen Raum stolperten. Für ein paar Momente waren die Wände wie Würgeeisen. Der Staub brachte mich zum Niesen.

»Sie bleiben hier in der Nähe der Säule«, befahl mir Novario. »Hier hat sich die Gruppe damals versammelt, bevor es losging. Und Sie, Frau Professor, müssen dort hinüber.«

Er zeigte auf etwas, was wie ein in die Papiere gegrabener Tunnel aussah.

»Warum soll ich da rein?«

»Das ist ein Experiment. Sie müssen einfach zu einem bestimmten Zeitpunkt, sagen wir in einer halben Stunde, aus dem Tunnel laufen, so wie jene Studentin vor zwanzig Jahren. Vielleicht bringt mir das schlagartig die Erinnerung zurück.«

Selva Granados zögerte. Entweder verstand sie Novarios Plan nicht, oder ihr missfiel die Vorstellung, in besagten Schacht zu kriechen, der voll hing mit Spinnweben.

»Ich muss diese Nacht wie in einem Theaterstück wiederholen. So erwacht mein Gedächtnis. Einverstanden?«

Nach einigem Nachdenken erklärte Selva Granados sich bereit. Novario verschwand mit Kurs auf ein unbekanntes Ziel.

»Ich bin sicher, das ist eine Falle.«

»Was sollen wir tun? Er hat uns in der Hand.«

»Immerhin bin ich es, die sich zwischen die Spinnweben legen soll. Nicht, dass ich Angst vor Insekten hätte, aber der Jogginganzug ist neu.«

Ich überließ sie ihren Zweifeln.

»Ich werde dort drüben suchen. Schreien Sie, wenn Sie Hilfe brauchen.«

Schier endlose Minuten fuhr ich mit dem Strahl meiner Lampe die Wände aus Papier entlang, immer auf der Suche nach einem blauen Zipfel. Es war nicht leicht, unter der grauen Staubschicht eine Farbe zu erkennen. Eine blaue Mappe fand ich, doch sie enthielt eine Arbeit über Jesuitenmissionen. Als sich meine Augen endlich an den minimalen Farbunterschied der Dokumente gewöhnt hatten, fand ich noch ein paar mehr blaue Mappen, gefüllt mit Statistiken, einer Doktorarbeit über Parmenides, einer Monografie zu Thot, dem ägyptischen Gott, über das Verhalten der Vulkane, den Gebrauch der Zwölfsilbentechnik im Werk eines vergessenen Poeten.

Eine Mappe zu sichten war schwierig genug. Entweder lag sie unter Kilos von Papier begraben und man musste sie mit einem schnellen Griff herausziehen, oder sie lag ganz oben und man musste wahre Gebirge erklimmen, um sie zu fassen zu bekommen. Hinzu kam, dass einige der Dokumente in verschlossenen Metallkästen eingelagert waren. Wenn wir sie nicht aufbrechen konnten, um den gesamten Bestand zu inventarisieren (was Jahre dauern würde), kamen wir nie an sie heran.

Ich hatte schon allen Mut verloren, als ich ganz oben auf einer Säule ein blaues Heft entdeckte. Da es nur wenige davon gab, wollte ich mir die Mühe machen. Ich kletterte auf einen Bücherstapel, aber es reichte noch nicht. Ich stieg auf einen riesigen Papierblock, von dem aus ich mit einem Sprung das Heft zu erwischen versuchte. Diesmal funktionierte es. Die Seitenränder waren vergilbt, doch in der Mitte waren die Blätter weiß. Auf der ersten Seite stand in winzigen Buchstaben und mit großem Abstand zwischen den Wörtern warnend geschrieben:

»Dieses Heft ist leer.«

Die restlichen Seiten waren unbeschrieben. Als ich mit dem heiklen Abstieg begann, spürte ich den Block unter mir erzittern. Ich versuchte, mich festzuhalten. Die Taschenlampe fiel gegen die Papierkanten prallend zu Boden und erlosch. Die Dunkelheit war absolut und gleichzeitig in Bewegung. Mir war, als würde eine glibberige Bestie unter dem Papierberg entlangrobben, und ich stürzte wie noch eine Mappe mehr hinunter. Ein verlorenes Blatt unter Tausenden.

Noch ein blaues Heft

Ich verlor nicht das Bewusstsein, blieb aber ein paar Sekunden benommen liegen. Über mir Berge von Papier. Die Taschenlampe hatte ich verloren, und um mich herum war alles schwarz. Ich versuchte, nach den anderen zu rufen, hatte aber keine Kraft. Hatte ich vielleicht vor dem Sturz geschrien? Wussten Novario und Granados, dass ich in Schwierigkeiten steckte? Ich sammelte Luft für einen weiteren Notruf. Dann aber fiel mir die Situation vor dem Fall wieder ein, und ich war mir nun sicher, dass jemand an der Säule gerüttelt hatte, jemand, der noch in der Nähe war. Ich verharrte reglos und versuchte, einen Schritt, eine Bewegung wahrzunehmen. Nichts. Ich war das einzige Lebewesen auf einem Planeten voller verstaubter Papiere. Sollte doch noch jemand hier sein, stellte er sich ebenfalls tot.

Anfangs waren der Schmerz, der Schreck und die Angst noch wie ein Traum. Mit der Zeit aber verschlimmerte sich die Situation, wie die Dinge sich immer verschlimmerten, wenn die Zweifel kamen. Ich musste entscheiden, ob ich mich rühren sollte oder nicht. Es war nicht erwiesen, dass jemand meinen Sturz provoziert hatte, aber selbst wenn der Angreifer noch in der Nähe war, hielt ich das Gewicht nicht mehr lange aus.

Für die ersten Zentimeter brauchte ich Minuten. Weder konnte noch wollte ich mich schnell bewegen, um weiteren Erschütterungen vorzubeugen. Ich wusste nicht, wie viele Kilo Papier mein Rücken aushalten konnte. Und ich hatte Angst, mich immer tiefer in den Berg hineinzugraben. Wie sollte ich wissen, welche Richtung die richtige war? Von irgendwoher drang ein Geräusch wie von Ratten, ich begann zu zittern. Zu der Angst kam die eisige Kälte, die die Papiere verströmten.

Ich streckte einen Arm aus, meine Hand schien im Freien. Ich versuchte es mit dem Kopf und entkam dem Papier und dem Staub. Durch ein Fenster drang ein Spalt Licht. Nach einer kurzen Pause setzte ich meine Auferstehung fort.

Nur mit Mühe kam ich auf die Füße. Meine Beine schienen wie aus Gummi, der rechte Knöchel tat mir weh. Ich hatte einen blutigen Geschmack im Mund. Mit der Zunge fuhr ich mir über die Zähne, um zu prüfen, ob sie noch an ihrem Platz waren.

Vermutlich wäre ich noch ewig orientierungslos umhergelaufen, wenn nicht Granados ihren verzweifelten Schrei losgelassen hätte, der so schrill war, dass er bis in den letzten Winkel vordringen und das unerträgliche Schweigen der Papiere durchbrechen konnte. Sie waren nicht weit entfernt. Irgendwo tanzte der Strahl einer Taschenlampe: Novario. Ich war froh, sie zu sehen, obwohl ich insgeheim fürchtete, dass einer der beiden für meinen Sturz verantwortlich war. Überglücklich und völlig erschöpft, ging ich auf das Licht zu. Unvermittelt erschallte neben mir erneut der spitze Schrei: Von links schoss Granados mit *ihrer* Interpretation einer erschrockenen Frau hervor.

»Perfekt!«, rief Novario. »Besser als das Original. Bald fällt mir alles wieder ein.«

Granados fiel mir um den Hals und stieß einen Schrei aus, der nicht im Text stand. Novario wunderte sich über die Sondereinlage.

»Was war das? Eine Ratte?«

Später erzählte Granados uns, dass ihr Vater Besitzer eines Desinfektionsunternehmens gewesen sei und sie deshalb nie Angst vor Kakerlaken, Spinnen, Ratten oder sonst welchem Raubzeug gehabt hatte. In ihrer Familie wurden sie als heilige Tiere verehrt, die ihnen das Überleben sicherten.

Ein Lichtstrahl blendete mich. Granados fing wieder an zu schreien.

»Nicht erschrecken. Ich bins, Miró.«

»Und das Blut?«

»Ein kleiner Sturz«, beschwichtigte ich wie ein Held, der aus einer tödlichen Verletzung einen Kratzer macht. Ich nahm Granados die Taschenlampe aus der Hand und betrat die Höhle. Den Strahl immer auf den Weg vor mir gerichtet, um mich vor bösen Überraschungen zu bewahren, ging ich humpelnd die sechs Meter durch den Tunnel.

An seinem Ende stießen wir auf einen Raum, voll gestopft mit Stühlen.

Inmitten der ausgeklügelten Konstruktion (die Stuhlbeine ragten wie die Speerspitzen eines Abwehrwalls hervor) saß ein Mann in einem drehbaren Sessel. Ich musste ihm nur ins Gesicht leuchten, um festzustellen, dass er tot war. Es schien, als sei er aus genau dem gleichen grau-gelben Material gemacht wie die Papiere um ihn herum.

Wer das sei, wollte hinter mir Granados wissen.

»Vieyra, der Hausmeister«, antwortete ich. »Er ist vor zwei Tagen verschwunden.«

Auf seinen Knien ruhte ein blaues Heft, als ob der Tod ihn beim Lesen überrascht hätte. Trotz meines beträchtlichen Unbehagens angesichts des Leichnams streckte ich den Arm aus und griff mit den Fingerspitzen nach dem Umschlag. In Erwartung des ersten Bandes der *Gesammelten Werke* Broccas schlug ich das Heft auf, und noch immer weiß ich nicht, ob das, was wir fanden, das war, was wir gesucht hatten.

Das Heft sah genauso aus wie jenes, das ich vorher entdeckt hatte. Die Schrift war die Gleiche, der erste Satz auch. Nur hatte der Autor in diesem Fall das Heft mit den tausendfach wiederholten Worten voll geschrieben: *… dieses Heft ist leer, dieses Heft ist leer, dieses Heft ist leer …*

Der Strick

Novario und Granados drängelten sich neben mich. Der Professor riss mir das Heft aus den Händen; er glaubte endlich die Worte gefunden zu haben, nach denen sie seit mehr als zwanzig Jahren gesucht hatten. Er las den Endlossatz und gab mir das Heft betrübt zurück.

»Jemand treibt sein Spiel mit uns. Ist er wirklich tot?«

Ich richtete die Taschenlampe auf Vieyras Gesicht. Erst jetzt sah ich den Strick um seinen Hals.

»Man hat ihn erhängt!«, rief Granados.

»Eher hat er sich umgebracht, und jemand hat ihn abgeknüpft«, entgegnete Novario. Mit dem Strahl seiner Lampe suchte er die Decke nach Balken oder Haken ab, konnte aber nur Spinnweben erkennen.

Dann sah er wieder in das fahle Gesicht des Hausmeisters.

»Nein, sie haben ihn nicht aufgehängt. Wenn er am Strick gestorben wäre, wäre er jetzt blau, und die Zunge würde ihm geschwollen aus dem Mund hängen. Den Strick haben sie ihm hinterher umgelegt.«

»Ich wusste gar nicht, dass er Gerichtsmediziner ist«, sagte Granados zu mir. »Und wozu dann wohl der Strick?«

»Als Zeichen für die Leser von Brocca.«

Der einzige Punkt, an dem sämtliche Fassungen der *Substitutionen* übereinstimmten, war das zentrale Motiv: ein mit einem Strick gefesselter Körper. Eine Leiche, die weggeschafft werden musste.

»Der Täter muss ein Kenner von Homero Brocca sein, und er hat uns die Leiche als ein Zeichen hinterlassen, das nur wir verstehen«, sagte ich.

»Das kann nur Conde sein.« Novario hatte die unangenehme Eigenschaft, mir jedes Mal, wenn er sprach, mit der Taschenlampe ins Gesicht zu leuchten. »Conde oder …«

»Oder einer von uns«, fügte ich hinzu. »Nun nehmen Sie schon die Lampe weg, ich werde nicht gestehen.«

»Der Mörder ist ganz nah, hier zwischen den Papieren. Ich spüre seinen Blick in meinem Nacken«, sagte Selva und ging. Erlöst folgten wir ihr in Richtung Institut.

Das Gebäude wirkte, als wäre es seit Jahren verlassen; nur die klappernden Fenster und das Knirschen im Gebälk erinnerten uns daran, dass wir vielleicht nicht ganz allein waren, dass noch jemand anders für uns an der Dramaturgie dieser Nacht schrieb. Bis zum nächsten Morgen würden wir eingeschlossen im Institut ausharren müssen.

Es war bitterkalt. Um drei Uhr früh bekam ich Hunger. Das Bild der Leiche noch vor Augen, verzichteten wir zunächst auf den restlichen Proviant, aber nach einer Weile gewöhnten wir uns doch an die neue Situation. Während der improvisierten Mahlzeit spekulierten wir über die Ereignisse, den Tod des Hausmeisters und die Identität des Mörders. Irgendwann in dieser Nacht kam mir der Gedanke, dass die beiden, in Rache vereint, die Schuldigen sein könnten, was mir leichtes Sodbrennen verursachte. Mich beruhigte allerdings die Vorstellung, dass sie sich kaum in verbrecherischer Absicht verschworen haben konnten, da sie sich in einer Sache unmöglich einig würden.

»Meine Theorie ist, dass uns jemand zuvorgekommen ist, die Manuskripte Broccas gefunden hat und uns jetzt einen Schreck einjagen will«, sagte Novario überzeugt und sammelte die letzten Krümel mit dem Finger auf.

»Warum sollte jemand den Hausmeister umbringen?«, wandte die Frau ein.

»Er könnte ein Komplize gewesen sein. Conde hat ihn benutzt und dann …« Novario fuhr sich mit dem

Zeigefinger über den Hals. »Conde hat seinen Ruhm erlangt, indem er sich den Ruhm Broccas zu Eigen machte, und jetzt kann er es nicht ertragen, dass ihm den jemand im Morgengrauen seiner letzten Enthüllung streitig macht.«

»Aber wenn er doch die Manuskripte hat, warum zeigt er sie uns dann nicht?«

Novario zuckte mit den Schultern.

»Sie allein können uns helfen, hinter Condes Absichten zu kommen. Professor Granados lässt er keinen Meter an sich heran, mich auch nicht. Sie hingegen …«

»Ich bin mir sicher, dass Conde nichts damit zu tun hat«, erwiderte ich. »Können Sie sich das vorstellen: Der greise Professor läuft mordend über die Flure?«

Die beiden sahen sich an, jeder in den Augen des anderen nach Bestätigung suchend. Nein, sie konnten es sich nicht vorstellen.

Die Unterhaltung verlor sich in zunehmend widersprüchlichen Überlegungen. Ich war noch immer hungrig, aber die Vorräte waren aufgebraucht. Granados stellte drei Stühle zusammen und legte sich hin. Novario schlief mit dem Kopf auf der Tischplatte zwischen den Essensresten ein. Ich wachte über den Schlaf der beiden und wartete auf die Dämmerung. Bald taten mir sämtliche Knochen weh, als ob der Körper sich allmählich an jede einzelne Stelle erinnerte, die bei dem Sturz einen Schlag abbekommen hatte. Ich wollte nicht einschlafen, irgendwo da draußen konnte der Mörder auf uns lauern. Ohne die Augen zu schließen, wartete ich, bis ich die ersten Geräusche von der Straße hörte und die Türen des Gebäudes sich öffneten.

Ich weckte meine beiden Begleiter.

»Gehen wir?«, fragte Granados.

»Wir warten noch fünf Minuten, dann sind mehr Leute da, und wir fallen nicht auf.«

Im Licht des Tages wirkte Novario zehn Jahre älter; die Augen halb geschlossen, das Hemd aus der Hose gerutscht und die Haare zerzaust, gab er jetzt wirklich das perfekte Bild eines zerstreuten Forschungsreisenden ab.

»Bevor wir uns trennen, müssen wir noch entscheiden, wie wir auf den Tod des Hausmeisters aufmerksam machen.«

»Am besten ein anonymer Anruf«, schlug Novario vor.

»Ich übernehme das«, sagte ich.

Damit man uns nicht zusammen sah, beschlossen wir, einer nach dem anderen zu gehen. Ich fuhr mit dem Taxi direkt nach Hause, nahm ein ausgiebiges Bad und schleppte mich dann so gut es ging ins Bett. Von dort griff ich den Telefonhörer, rief bei der Polizeizentrale an und erzählte von dem Toten. Bevor mir weitere Fragen gestellt werden konnten, legte ich auf.

Das Wochenende verbrachte ich im Bett vor dem Fernseher und arbeitete sporadisch an der Erzählung Broccas. Am Montag fehlte mir die Kraft, aufzustehen. Nicht zuletzt, weil ich am Sonntag Besuch von meiner Mutter hatte. Nörgelnd hatte sie sich über den Zustand meiner Wohnung – sie sagte »dieses Saustalls« – beschwert. Angesichts meiner bedauerlichen körperlichen Verfassung erfand ich ein Fußballspiel bei strömendem Eisregen.

»Natürlich musst du Sport treiben, aber ohne dabei zu vergessen, dass du schon immer schwächlich und kränkelnd warst«, maßregelte sie. Unter dem Gewicht ihrer

Worte drohte mein Körper in den Laken zu verschwinden.

Dagegen freute sich meine Mutter zu hören, dass ihr Kollege Doktor Conde mich mit einer Sonderaufgabe betraut hatte. Worin genau die bestand, interessierte sie allerdings überhaupt nicht. Dafür sollte ich ihr Klatsch und Tratsch von der, ich zitiere, »kulturellen Bühne« erzählen. Meine enttäuschende Antwort war Schweigen.

»Mit deiner Arbeit kannst du die echte intellektuelle Bühne betreten. Es gibt nichts Wichtigeres als die Kontakte, die man knüpft. Lass dir diese Chance nicht durch die Lappen gehen.«

Als meine Mutter ging, beschloss ich, den Montag freizumachen. Am Dienstag um vier Uhr war ich wieder im Institut. In der Küche unterhielt sich Frilander, Professor für Neurolinguistik, mit Liberatore, dem Sekretär des Instituts für Slawische Literaturen.

»Haben Sie schon vom Hausmeister gehört?«, fragten sie mich im Chor.

»Hat er immer noch Depressionen?«

»Schlimmer, er ist tot.«

Ich bemühte mich um einen erstaunten Gesichtsausdruck und hakte nach: Wann, wie?

»Die Polizei erhielt am Samstag einen anonymen Anruf. Zur Sicherheit warteten sie bis Sonntag, weil sie ja keinen Schlüssel hatten und ohne richterliche Anordnung die Tür nicht öffnen konnten. Außerdem glaubten sie, die Studenten hätten sich einen Spaß erlaubt.«

»Weiß man, woran er gestorben ist?«

»Er ist durch den Treppenschacht gefallen. Sie fanden ihn unten in der Halle, Gesicht auf dem Boden. Schlimmer Schädelbruch.«

»Gab es irgendeinen Hinweis?« Ich dachte an den Strick.

»Sie geben nicht viele Informationen raus«, sagte Frilander. »Das Verhältnis zwischen Polizei und Universität ist ziemlich gespannt. Und weil die Fakultät darauf besteht, eine eigene Untersuchungskommission zu bilden, wäscht die Polizei ihre Hände in Unschuld.«

Ich verließ das Institut, um Novario in seinem Hotel von einer öffentlichen Telefonzelle aus anzurufen. In meinem Wahn misstraute ich den internen Leitungen.

»Der Mörder hat die Leiche fortgeschafft, nachdem wir sie entdeckt hatten. Er hat sie den Treppenschacht hinuntergeworfen.«

»Mit Strick und allem?«

»Anscheinend nicht. Fahren Sie heute zurück in den Süden?«

»Sie wollen Broccas Werk wohl nur mit Granados teilen, was? Den Gefallen werde ich Ihnen nicht tun.«

»Was interessiert mich Broccas Werk. Ich will nur nicht in die Schlagzeilen kommen. Oder vor Gericht.«

»Keine Sorge, Miró. Es gibt nichts, was uns mit dem Verbrechen verbindet. Sie werden sagen, es war Selbstmord, und wenn etwas Gras über die Sache gewachsen ist, gehen wir erneut auf Expedition.«

Den ganzen Nachmittag lief ich im Institut hin und her. Zum einen in der Hoffnung, weitere Informationen sammeln zu können, zum anderen weil ich vor Nervosität nicht still sitzen konnte. Mit jedem, dem ich begegnete, redete ich über den Tod des Hausmeisters. Sogar hinunter in das Büro im Erdgeschoss ging ich mit der Ausrede, eine Arbeitsbescheinigung zu brauchen, um mit dem Mann in Blau und der dicken Frau sprechen zu können. Sie saßen mit vier weiteren Angestellten zusammen: Als ich reinkam, glaubte ich deutliche Zeichen von Misstrauen in ihren Blicken zu erkennen.

»Ausgerechnet heute kommen Sie und wollen eine Bescheinigung. Sehen Sie nicht, dass wir trauern?«, fragte die Frau herausfordernd.

»Wann wird er aufgebahrt?«, wollte ein Bote wissen.

»Wenn der Gerichtsmediziner grünes Licht gibt. Wahrscheinlich morgen.«

»Machen sie eine Autopsie?«

»Ich nehme an, sie sind gerade dabei. Ich habs ja kommen sehen: Diese unheilbaren Depressionen enden in einer Tragödie.«

Die anderen sahen sie voller Respekt an und dachten über ihre Worte nach.

»Ich glaube ja, dieser Anruf war vom Hausmeister selbst, kurz bevor er sich hinunterstürzte«, wagte ein unbedeutender Verwaltungsangestellter zu spekulieren. »Das war wie ein Notruf.«

»Unmöglich«, erwiderte die Frau. »Diese Sorte Depressiver kündigen nichts an. Sobald sie ihre Chance wittern, machen sie der Sache ein Ende.«

»Und der Nachtwächter?«

»Halten Sie den bloß raus, diesen Unglücksraben. Was soll der schon wissen. Er ist nie da. Wenn er doch da ist, schläft er.«

Für mich gab es hier keine verwertbaren Neuigkeiten zu erfahren, und so ging ich ins Institut zurück. In der Höhle erwartete mich Conde. Ich begrüßte ihn gespielt herzlich und fing an, ihm vom Tod Vieyras zu erzählen.

»Reden Sie sich nicht mit irgendwelchen Hiobsbotschaften raus, Miró. Ich erwarte Ergebnisse.«

Glücklicherweise war ich an dem Wochenende im Bett wenigstens teilweise vorangekommen. Ich hatte bereits eine erste Fassung der Erzählung. Allerdings hatte ich dabei auf einen umständlichen Einzelvergleich verzichtet. Vielmehr ließ ich mich von meiner Intuition leiten, die bekanntlich die Schwester der Faulheit ist. Das Ergebnis war eine vierseitige Erzählung, die ich an eben jenem Nachmittag auf der Underwood des Instituts abgetippt hatte. Hoffentlich würde Conde nicht merken, dass ich weniger als die Hälfte der Texte gelesen hatte.

Er überflog die Seiten schweigend.

»Perfekt«, sagte er. »Das gebe ich gleich in Druck.«

»Warten Sie lieber. Es muss noch überarbeitet werden. Warum lassen Sie mir nicht noch eine Woche?«

»Ich schätze Ihren Perfektionismus, doch ich brauche es jetzt. Das Buch muss in einem Monat fertig sein. Nicht viele Seiten, ein einführender Aufsatz, eine Chronologie, die Beschreibung, wie ich ... wie wir auf diese Fassung kamen und eine Geschichte der Erzählung. Wenn ich es jetzt nicht mache, werden mir meine Widersacher zuvorkommen.«

Fragend sah ich ihn an. Ich fürchtete, dass ihm mein Streifzug mit Novario und Granados zu Ohren gekommen war.

»Ich möchte Sie um etwas bitten. Diese Frau, Sie wissen schon, sie hat mich bedroht ...«

»Mit was?«

»Ach, Schwachsinn. Aber lassen Sie sie bitte nicht ins Institut.«

»Ich kann ihr das nicht verbieten. Jeder hat theoretisch Zutritt.«

Doktor Conde löste die Rückfuhrsperre der Schreibmaschine. Der Wagen donnerte mit Schwung nach links.

»Wenn Ihnen Ihr Job lieb ist, dann halten Sie diese Verrückte auf. Sagen Sie ihr, Doktor Conde hat das angeordnet.« Mit einem vorgetäuschten Lächeln versuchte er den Anflug von Zorn zu überspielen. »Entschuldigen Sie den Ton, aber ich habe die Granados satt.«

Er zog einen Scheck aus seiner Jackentasche.

»Nehmen Sie, ein Verrechnungsscheck, Sie müssen ihn auf Ihr Konto einreichen. Damit ist die Sache besiegelt.«

Ich steckte den Scheck ein. Nachdem Conde gegangen war, sah ich mir meinen Durchschlag der *Substitutionen* noch einmal an. Da ich von der plötzlichen Abgabe überrascht worden war, hatte ich den Text noch nicht auf Fehler durchgesehen. Einige Abschnitte stammten zwar aus den verschiedenen Fassungen, andere jedoch hatte ich aus Gründen der Kohärenz eigenmächtig hinzugefügt. »Niemand wird diesen Eingriff bemerken«, dachte ich bei mir. Schließlich musste man, wollte man besagtem Original treu bleiben, ein wenig dazudichten.

Substitutionen

Ich transkribiere im Folgenden die Erzählung Homero Broccas in der Fassung, die ich Conde gegeben habe und die unter der Schirmherrschaft der Academia de Letras veröffentlicht worden ist. Die Auflage betrug 600 Exemplare, heute vollständig vergriffen.

Substitutionen
von Homero Brocca

I

Einige glauben, dass es einst, vor vielen Jahren, einen Originaltext gab. Niemand weiß, warum er Opfer von endlosen Veränderungen und Neufassungen wurde. Nachdem ich Hunderte von Fassungen gelesen habe, bin ich davon überzeugt, dass es ursprünglich überhaupt kein niedergeschriebenes Wort gegeben hatte, sondern vielmehr eine Geschichte, die von Mund zu Mund weitergetragen wurde. Ich weiß, eine solche These aufzustellen grenzt an Ketzerei. Darum schreibe ich diese Seiten auch heimlich auf. Manchmal denke ich sogar, dass die ganze Geschichte insgesamt ohne Bedeutung ist und dass das, was all die Jahre im Umlauf war, nichts weiter war als ein weißer Fleck, ein leeres Blatt.

Ich arbeite in einem großzügig angelegten Büro, an dessen Wänden sich Schreibtische erstrecken, die kaum älter oder neuer sind als mein eigener. Mein Platz ist in der Nähe einiger schmutziger Fenster, die den Blick auf eine von der Trockenheit verbrannte Wiese freigeben. Ich bin Redakteur und viel beschäftigt, doch manchmal gibt es die freien Momente, in denen die Welt mich vergisst. Dann widme ich mich der Bearbeitung von so sinnlosen Berichten wie diesem und schaue dabei nach draußen auf die tote Landschaft.

II

Die Puppe haben wir aus alten Kleidern gefertigt: einer braunen Lammfelljacke, grauen Hosen, schmutzigen, senkellosen Schuhen, blauen Wollhandschuhen. Für das Gesicht haben wir ein Stück weißen Stoff benutzt (und ihn mit Stroh gefüllt), auf den Kopf setzten wir einen mottenzerfressenen Filzhut. Die Taschen haben wir mit unterschiedlichen Fassungen der Erzählung voll gestopft und die Puppe wie einen Boten von einem Stock zum nächsten geschickt. Wenn sich die Kleider auflösten oder abrissen, ersetzten wir sie durch neue, um der Puppe so Unsterblichkeit zu schenken. Mit ihrem weißen Kopf und ohne Gesichtszüge wirkte sie mehr wie ein Gespenst denn wie eine Puppe, in dem jeder etwas anderes sehen konnte.

Der unermüdliche Bote zog von Tür zu Tür, um seine Nachrichten zuzustellen, bis er einem Aufseher in die Hände fiel. Der brachte die Puppe raus. Vom Fenster aus beobachtete ich, wie sie sie auf das gelbe Gras legten, mit Müll überschütteten und anzündeten. Nicht lange danach stocherte ich in der Asche nach Resten und fand einen versilberten, inzwischen angelaufenen Knopf: ein Amulett.

III

Kommen wir auf das Original zurück, zumindest auf die Erzählung, in der sich die meisten Berührungspunkte aus den einzelnen Versionen abzeichnen.

Es herrscht Krieg zwischen den Armeen mehrerer Länder oder auch nur eines einzigen Landes. Nehmen wir an, es gibt eine herrschende Gruppe und eine angreifende.

Bei den Einheiten der Herrschenden geht das Gerücht, dass die Niederlage besiegelt war, sollte ihr

Anführer, der General F., den Feinden in die Hände fallen.

N., Leutnant bei den örtlichen Truppen, wird in die Kommandantur berufen. Ein Hauptmann, den er nie zuvor gesehen hatte, erteilt ihm den Auftrag, eine Leiche aus der Gegend in die Stadt zu schaffen. Er zeigt auf den in eine Plane gewickelten und mit einem Strick verschnürten Körper. Er nennt ihm eine genaue Anschrift, gerade so, als bemerkte er nicht, dass man mit einem vertäuten Leichnam unmöglich bis zu jenem Ort vordringen kann. »Machen Sie sich über die Umstände der Reise keine Gedanken«, empfiehlt der Hauptmann. Der Leutnant tut, wie ihm befohlen, und zieht den Strick mit der Leiche hinter sich her, die bald schlammbedeckt ist. Durch einen scharfen Draht lösen sich die Schnüre, der Leutnant erkennt das Gesicht von General F.

Am Ende des Tages stößt er auf ein Militärlager. Den Körper lässt er draußen liegen, während er selbst sich ein leeres Zelt sucht, um einige Stunden zu schlafen. Am nächsten Tag ist die Leiche verschwunden. An ihrer Stelle liegt ein in dieselbe Plane gewickeltes totes Eichhörnchen. Mit dem Tier im Rucksack setzt er seinen Weg fort.

Auf einem Bahnhof, in dem einige Reisende auf einen Zug warten, der nie kommen wird (die Gleise sind vollkommen zerstört), erwacht der Leutnant mit einem Buch anstelle des Eichhörnchens. Es ist ein Gebetbuch mit Christus auf dem Umschlag, der sein Herz darbietet. Dieser zweite Wechsel gibt dem Leutnant die Gewissheit, dass er die wahren Gründe seiner Mission niemals begreifen wird. Dennoch lässt er sich nicht entmutigen. Ohne die komplexe Struktur zu durchschauen, weiß er, dass er Teil eines Komplotts ist, das über das Schicksal seines Landes entscheidet.

Er übernachtet in Militärquartieren, zerstörten und verlassenen Häusern. Jeden Tag ist das in die Plane gewickelte Objekt ein anderes (es kursiert, unter uns, ein Katalog mit 12 645 Varianten). Manchmal ist es dem vom Vortag zum Verwechseln ähnlich, doch bei genauer Betrachtung entdeckt der Leutnant immer irgendeinen Unterschied.

Die Überlieferung gibt keinen Aufschluss darüber, ob Tage oder Jahre bis zur Ankunft am endgültigen Bestimmungsort vergingen. Der Leutnant erreicht das dreistöckige Gebäude. Es kommt ihm bekannt vor, doch langsam verwechselt er die vielen Orte, an denen er gewesen ist. Eine junge Frau, die ein einstmals elegantes, inzwischen aber zerschlissenes Kostüm anhat, führt ihn zu einem Zimmer im obersten Stockwerk. Dort angekommen sagt sie: »Ich bin die Tochter des Generals, zeigen Sie mir den Leichnam meines Vaters.« Der Leutnant durchsucht seinen Rucksack. An dem Strick hängt nichts. »Wenn unsere Männer erfahren, dass er in die Hände der Feinde gefallen ist, sind wir verloren«, erklärt sie bitter. »Bis er wieder auftaucht, soll es unser Geheimnis bleiben.«

An den folgenden Tagen klingen die von unten heraufdringenden Stimmen furchtbar besorgt. Von Truppen ist die Rede, die sich in selbstmörderischer Absicht in die Schlacht werfen oder die Flucht ergreifen. Nachts hört der Leutnant das Weinen und Beten der Tochter des Generals. Leutnant N. hofft, dass die Leiche des Generals in der einen oder anderen Form wieder auftaucht, doch auch am nächsten Morgen ist die Plane verwaist.

Die Tage vergehen, die totale Niederlage ist nah. Dann

nennt ihn die Tochter plötzlich »Vater«, und schließlich begreift der Leutnant seine Rolle, ohne das Ganze zu verstehen. Drei Eichenbalken gibt es in dem Raum, mit Spinnweben in den Ecken. Kurzentschlossen sucht sich der Leutnant N. einen aus und vollzieht die letzte Substitution.

IV

Einige Fassungen haben nur eine Seite, andere mehr als hundert. Niemand nimmt seine Veränderungen aus rein ästhetischen Gründen vor, sondern eher um den strengen Kontrollen der für die Sicherheit zuständigen Kräfte zu entgehen. Die Regierung interessiert nicht, ob die Erzählung veröffentlicht wird. Sie gibt vor, nicht zu wissen, dass sie geheime Botschaften enthält. Der Austausch von Gegenständen oder ganzen Sätzen ermöglicht Untergrundorganisationen, ihre Proklamationen zu streuen, religiösen Gruppen, Prophezeiungen zu verbreiten, Liebenden, die Spione zu verwirren, Spionen, die Liebenden zu verwirren.

Während ich schreibe, lausche ich dem Tastenschlag anderer Schreibmaschinen. Ich kenne die Menschen um mich herum kaum. Vielleicht, denke ich, versetzen sie mich schon in der nächsten Woche in einen anderen Stock oder eine andere Abteilung. Das passiert oft. Ohne zu fragen, weisen sie uns einen anderen Platz zu. Diese Versetzungen sind für uns alle schwer erträglich. Vielleicht liegt es an der Verunsicherung, die jede Veränderung bewirkt – an keinem anderen Ort in der Stadt herrscht so viel Verwirrung über die Erzählung wie in dieser Redaktion.

V

Seit einer ganzen Weile schon redet niemand mehr von der Erzählung. Egal, wen ich anspreche, es heißt: Diese Erzählung hat es nie gegeben, vergiss das Ganze, sprich nicht davon. Auf jeder Etage stehen Wachposten, an jedem zweiten Schreibtisch sitzt ein Verräter. Niemand sagt es, aber in den Gesichtern sehe ich, dass sie alle von der Erzählung träumen. Alle träumen, einen Strick mit einem Körper hinter sich herzuziehen und dass dieser ausgetauscht wird und dass am Ende der Strick verwaist ist.

Die Streuung der Erzählung war Teil eines umfassenden Experiments, das vor Jahren begann. Sie war nicht das Medium zum Austausch von Botschaften, sondern eine einzige unendlich wiederholte Botschaft. Die Einladung zu sterben. Das Verbot, sie weiterzugeben, war eine weitere Stufe des Experiments. Je geheimer die Erzählung war, desto mehr Druck übte sie aus. Die Zahl der Selbstmorde ist deutlich angestiegen in letzter Zeit, und das bevorzugte Mittel war der Strick. Es ist nicht erlaubt, genaue Daten zu veröffentlichen, doch ich fand sie in einem alten Ordner im Archiv des Generals. Nun baue ich mit Schriften und Grafiken mein eigenes Archiv auf, um eines Tages beweisen zu können, dass wir alle Teil eines Experiments sind. Sie brachten die Erzählung in Umlauf, um zu testen, ob sie selbst unsere Träume beherrschen konnten. Denn alle Fassungen sind unterschiedlich, und unterschiedlich sind auch die ausgetauschten Objekte, doch haben sie alle, alle denselben Schluss.

Meine Version der Geschichte gefiel Conde. Als er zwei Tage später im Institut auftauchte, wiederholte er, dass niemand es besser gemacht hätte und dass mein Name an herausragender Stelle bei den »Danksagungen« erwähnt würde. Ich gestand ihm, dass ich gehofft hatte, ich würde mit dem Zusatz »Verantwortlich für die letzte Fassung« genannt.

»Man muss schon einen ordentlichen Weg zurücklegen, mein Freund, damit der Name auf einer Publikation der Akademie erscheint. Sie haben exzellente Arbeit geleistet, aber das erlaubt Ihnen noch nicht, sich mit denen zu messen, die seit fünfzig Jahren über das Thema forschen.«

Da er mich etwas enttäuscht sah, suchte er in seiner Tasche nach dem, was er »meine Überraschung« nannte. Heraus zog er den Umschlag der *Substitutionen,* ohne eine einzige weitere Seite. Der Hintergrund war wassergrün, und darauf war das Bild eines gesichtslosen Mannes mit Melone gezeichnet. Der Name des Herausgebers, des Verfassers der Anmerkungen, verantwortlich für die Schlussredaktion sowie den Abgleich der biografischen Angaben, war größer geschrieben als der Broccas selbst.

»Die Präsentation ist in zwei Wochen. Zu knapp, um mit dem gedruckten Buch zu kommen, aber immerhin haben wir den Umschlag. Ich rechne mit Ihrer Anwesenheit, Esteban.«

»Warum warten Sie nicht auf das fertige Buch?«

»Ich will nicht, dass meine Feinde mir mit irgendwas Neuem zuvorkommen. Apropos, war dieses Frauenzimmer noch mal da?«

»Granados? Nein.«

»Und was weiß man über den Hausmeister?«

»Nach dem Gutachten des Untersuchungsrichters war es Selbstmord. Das Opfer war chronisch depressiv.«

»Armer Kerl. Wenn man bedenkt, wie oft ich an ihm vorbeigegangen bin, ohne ihn anzusprechen. So ist das Leben: Wir sind Fremde, die sich begegnen wie Flugzeuge in der Nacht.« Conde sah auf seine Uhr. »Ich habe ein Treffen mit dem Direktionsausschuss. In einer Stunde bin ich zurück.«

Doktor Conde ließ seine Aktentasche auf dem Tisch liegen. Ich bemühte mich, der Versuchung zu widerstehen, aber am Ende durchstöberte ich seine Unterlagen doch. Bis auf einen Brief fand ich nichts Spannendes. Die Schrift kam mir bekannt vor. Ich erinnerte mich an die Widmung, die Selva Granados mir auf die erste Seite von *Ertrunken in der Wasseruhr* geschrieben hatte. Zur Hälfte gelesen, lag das Buch inzwischen vergraben unter Krimis und alten Zeitungen auf dem Nachttisch.

Conde: Ich weiß schon, dass Sie sich weigern, mich zu empfangen, und dass Sie, wenn Sie meine Stimme auf dem Anrufbeantworter hören, absichtlich nicht abnehmen. Aber das hier ist schon keine Drohung mehr. Es ist eine Prophezeiung. Ich konnte eine Person ausfindig machen, die zu jener Zeit, als die berühmten Schriften Broccas verschwanden, häufig ins Institut kam. Ich habe ihre Aussage auf Band und kann sie jederzeit der Öffentlichkeit zugänglich machen. Pech für Sie, wenn Sie mich nicht bald kontaktieren. Mit meiner ersten öffentlichen Aussage sind Sie ein toter Mann. Wollten Sie Ihren Namen nicht schon immer in Großbuchstaben lesen? Das können Sie haben, bei den Polizeinachrichten. Broccas

Geist verlangt nach Wahrheit. Muss ich noch unterschreiben?

Nein, das musste sie nicht. Ich hörte Schritte und versteckte den Brief wieder in der Tasche.

Ein müde wirkender kahlköpfiger Mann mit blondem Schnauzbart öffnete die Tür. Um den Hals trug er einen Schal mit Schottenmuster, und er hustete ununterbrochen. »Was für eine Kälte. Wie halten Sie das bloß aus?«, fragte er zur Begrüßung. Ich antwortete ihm, dass ich daran gewöhnt sei.

Ich rechnete mit einer Buchbestellung, doch der Mann bat mich, in den Zweiten Saal vorgelassen zu werden. Ich sagte ihm, das wäre kein Problem, begleitete ihn jedoch, für alle Fälle.

Er stellte sich ans Fenster. Schaute auf die Dächer, die Terrassen, die schmutzigen Häuserfassaden, den Nebel, der über dem unsichtbaren Fluss schwebte. Wie herrlich die Landschaft sei, schwärmte er.

»Ich stehe oft hier am Fenster«, erwiderte ich, um überhaupt etwas zu sagen.

»Dieses Licht, der weiße Himmel … Ich mag das Himmelsblau nicht. Mir gefällt es so besser, grau oder weiß. An bewölkten Tagen würden sie nie Fotos für Postkarten schießen.«

Er bat mich, in die Höhle zu dürfen.

»Dort haben nur die Spezialisten Zugang. Fortgeschrittene Studierende oder Professoren. Sind Sie Professor?«

Er gab mir die Hand.

»Gaspar Trejo. Professor für Logik.«

»An welchem Lehrstuhl?«

»Ich habe meinen eigenen.«

»Vom Trejoschen Lehrstuhl für Logik habe ich noch nie gehört.«

»Das ist ein mobiler Lehrstuhl. Ich habe weder Schüler noch Assistenten. Es gibt nur mich, der ich von einem Ort zum anderen wandere, mich unterhalte und Indizien zu sammeln hoffe.«

Ein Verrückter, dachte ich mir. Die Fakultät wimmelte nur so davon. Weil es keine Zugangsbeschränkungen gibt, machen sie es sich in der Bibliothek oder in den Hörsälen gemütlich. Manchmal bevorzugen sie bestimmte Fachgebiete, zuweilen jahrelang dieselben. Einige konzentrieren sich dabei auf tradiertes Wissen; andere ereifern sich auf unbekanntem Terrain. Sie kommen zu den Abschlussprüfungen und bestehen sogar gelegentlich im allgemeinen Durcheinander. Sie gleichen Spionen. Wenn sie neue Leute kennen lernen, verheimlichen sie ihre wahre Natur, doch schließlich tritt ihre Identität zutage. Sie schwanken zwischen totaler Verschwiegenheit und besonderer Geschwätzigkeit. Letztere dichten sich eine Geschichte an, akademische Titel, einflussreiche Freunde. Die anderen, die eher Ruhigen, flüchten sich in Rätselhaftigkeit.

Mit der behandschuhten Hand zeigte Trejo auf die Tür zur Höhle.

»Ich begutachte das komplette Gebäude. Kein Winkel soll unbesehen bleiben. Erlauben Sie?«

Ich log: Ich sagte, ich hätte keinen Schlüssel. Gaspar Trejo lächelte. Aus seinen Taschen zog er einige zerknitterte Papiere hervor und gab sie mir zu lesen. Danach gestattete ihm die Universität, jeden Winkel zu erkunden und mit jedermann zu reden. Ich hatte keine Ahnung, worum es ging, bis er es mir erklärte:

»Stellen Sie sich vor, ich bin so etwas wie ein Privatdetektiv.« Wieder musste er husten. »Ich versuche herauszufinden, was die letzten Schritte des Hausmeisters waren. Und jetzt geben Sie mir den Schlüssel.«

Gaspar Trejo durchsuchte das gesamte Institut. Er hatte mich herumgekriegt, aber sein Sieg interessierte ihn nicht. In seinen Worten steckte nicht die Spur Prahlerei. Während er die Sachen um uns herum durchsah, erzählte er mir seine Geschichte. Er war Professor für Logik gewesen, bis sein Lehrstuhl aufgrund einer Auseinandersetzung mit der Fakultätsleitung gestrichen wurde. Als dann ein neuer Dekan antrat, war sein Platz anderweitig besetzt.

»Damals habe ich der reinen Logik den Rücken gekehrt und mich ganz meiner eigenen Theorie verschrieben, der Indizienlehre. Ich versuchte unseren Hang, die Wahrheit in den scheinbar unbedeutenden Details zu finden, in die Philosophie zu übertragen. Der neue Dekan wollte meine Theorie auf die Probe stellen und forderte mich auf, den Diebstahl von zwanzig Schreibmaschinen aus dem Souterrain der Fakultät aufzuklären.«

Ich erinnerte mich vage an die Geschichte. Sie hatte sich vor einigen Jahren ereignet, als ich noch mitten im Studium steckte. Der Diebstahl von Schreibmaschinen aus den Räumlichkeiten der Universität war seinerzeit nichts Außergewöhnliches.

»Nicht nur, dass man nicht wusste, wer sie gestohlen haben könnte. Man wusste auch nicht, wie sie aus dem Gebäude geschafft worden waren. Ich wurde als neuer Bote eingeschleust und verband nach meiner neuen Methode alle Indizien zu einem Netz.«

»Nichts Neues«, provozierte ich ihn. »So funktioniert jeder Kriminalroman.«

»Das ist etwas anderes. Ich bestücke ein Museum mit meinen Indizien. Ich sammle Beweise, die ich aber erst dann im Einzelnen untersuche, wenn ich genug für mein Museum zusammenhabe …«

»Ein richtiges Museum?«

»Mir ist jeder Ort recht. Normalerweise lege ich die Gegenstände in Vitrinen bei mir zu Hause und betrachte sie, als wüsste ich nicht, was sie sind. Nach und nach knüpfe ich dann das Netz, das sie verbindet. In meiner Fantasie gehe ich den Museumskatalog durch, in dem jeder Gegenstand seinen Platz hat. Die Methode verbindet Vernunft und Intuition. Mit der Vernunft allein kommt man nicht weiter. Nur wenn man einräumt, dass die Realität in großen Teilen imaginär ist, kann man zur Wahrheit finden.«

Gaspar Trejo hatte den Schuldigen in dem Fall gefunden: ein verwirrter Professor. Er hatte die Geräte nicht für Geld gestohlen, sondern weil er nur umgeben von Schreibmaschinen, in die jeweils ein Blatt Papier eingespannt war, schlafen konnte. Er versicherte, dass die Geister in seinem Haus sich damit zufrieden gaben, ab und an eine kleine Nachricht zu tippen, statt seine Träume zu stören, und so hatte er Ruhe. Die Maschinen hatte er nach und nach abtransportiert, Taste für Taste; für die größeren Teile benutzte er Pappkartons, die er mit Zwischenprüfungen seiner Studenten auffüllte. Von diesem Zeitpunkt an hatte Trejo jegliches Interesse an der Lehre verloren und ausschließlich mit der Ermittlungsarbeit begonnen.

»Einfache Sachen zunächst. Kleine Gemeinheiten,

Streitigkeiten zwischen den Studenten. Dass eins klar ist, ich bin nicht vom Geheimdienst. Ich bin ein Ermittler, kein Verräter.«

Ich musste ihm die Tür zur Krypta öffnen. Ohne etwas zu berühren, schaute Trejo sich um. Ich fragte ihn, warum er den Tod des Hausmeisters untersuchte, wo doch die Polizei zu dem Schluss gekommen war, dass es sich um Selbstmord handelte.

»Ich zweifle nicht am Urteilsvermögen der Polizei, aber da sehen Sies, ich bekomme immer die unliebsamsten Aufträge … Das Letzte, was ich hatte, war ein verschwundenes Dossier. Diesmal hingegen geht es um eine echte Leiche. Ich komme mir wie ein leibhaftiger Detektiv vor.« Trejo nieste und strich sich danach den stark nach Minze riechenden Tigerbalsam um die Nase, den er in einem winzigen Döschen verwahrte. »Kannten Sie Vieyra?«

»Ich sah ihn ein paarmal.«

»Auch in der Woche, in der er starb? Haben Sie mit ihm gesprochen?«

Ich schüttelte den Kopf und fühlte, dass Trejo mir die Worte vom Gesicht ablesen konnte.

»Das Gebäude ist groß, und es gibt viele Leute zu befragen … Ich muss weiter. Wir reden später.«

Trejo nieste zum Abschied, entfernte sich über den Flur und ließ mich auf halber Strecke mit einer Mischung aus Paranoia und Vertrauen zurück.

Conde kam wieder, durchwühlte die Unterlagen in seiner Tasche und zog eine Karte mit dem Universitätslogo hervor.

»Esteban, das ist Ihre Einladung zum Festakt. Es ist genau hier, im Konzertsaal. Ich wollte extra, dass es derselbe Ort ist wie bei diesem Pseudokongress, damit man den Unterschied merkt. Enttäuschen Sie mich nicht! Die Presse wird da sein und sogar das Fernsehen.«

Wiegenden Schritts und mit einem Lächeln im Gesicht verließ Conde das Institut. Nie zuvor hatte ich ihn so sorglos erlebt. Hatte er den Brief, den er mit sich trug, schon gelesen? Mit Würde und voller Vorfreude schritt er dem Akt entgegen, währenddem seine schlimmste Widersacherin sich vornahm, ihn zu zerstören. Ich fragte mich, ob sie insgeheim längst das Abkommen geschlossen hatten, das den endgültigen Frieden besiegelte.

Das Sanatorium Spinoza

Von einer Bar in der Nähe der Pizzeria ›Der Kaiman‹ aus beobachtete ich den Abriss des Ortes, an dem wir uns in unserer Jugend so oft getroffen hatten. Grog, von jeher sentimental, bestand darauf, einen Stein aufzubewahren, als handelte es sich um ein Stück der Berliner Mauer. Um Grog und Diego von solchem Unfug abzulenken, erzählte ich ihnen, was mir in den letzten Tagen passiert war.

»Der Mord am Hausmeister ist ein Warnsignal, um weitere Ermittlungen zu verhindern«, überlegte Grog nach langem, für ihn typischem Schweigen. Seine Meinung war mir sehr wichtig: Vor Jahren stand die Übersetzung von Krimis im Mittelpunkt seines Lebens. Eine seiner Lieblingsbeschäftigungen war es, den Ruf Agatha Christies gegen die landläufige Meinung zu verteidigen, ihr Werk nehme in der Hierarchie der hoch geschätzten Kriminalromane einen eher unteren Rang ein. Er schwor, den Roman *Zehn kleine Negerlein* acht Mal gelesen zu haben, und erklärte begeistert, mit seiner Beschreibung der Enge, der sukzessiven Morde und der klaustrophobischen Helden wäre dieses Buch das Paradies für Krimiliebhaber.

»In welcher Beziehung kann der Hausmeister zu den Schriften Broccas gestanden haben?«, fragte Diego.

»Vielleicht hat er etwas entdeckt und wollte seinen Nutzen daraus ziehen. Man muss herausfinden, ob diese Verrückte … Wie hieß sie gleich?«

»Granados …«

»… Ob sie, der Professor aus dem Süden oder Conde den Hausmeister kannten.«

»Keiner hat ihn je erwähnt«, sagte ich.

Ich erzählte von Trejo, doch Grog maß ihm keine Bedeutung bei.

»Einer von diesen Bürokraten, die sich niemand rauszuschmeißen traut.«

Zum ersten Mal, seit ich ihn kannte, war der unfehlbare Grog, das Orakel, das wir immer befragten, bevor wir auch nur einen Schritt taten, im Irrtum.

An den folgenden Tagen versuchte ich, an meiner Dissertation weiterzuarbeiten, obwohl ich mit meinen Gedanken woanders war. Zu jener Zeit hatte ich alle Bücher von Tacchi gelesen, selbst die, die er in Italien veröffentlicht hatte. Ich war mit meiner Recherche sehr gründlich gewesen, und nun hatte ich keine Entschuldigung mehr, den Moment, endlich mit dem Schreiben zu beginnen, weiter hinauszuzögern. Sogar die drei einzigen Artikel über Tacchi hatte ich gefunden. Über seine biografischen Daten war kaum etwas bekannt, und das wenige sortierte ich mit Geduld. Eigentümlich, wie die Verbindung von zwei oder drei Ereignissen den Anschein einer Ordnung ergab, und innerhalb der Biografien erweckt Ordnung den Anschein von Wirklichkeit.

In einem jener Artikel, *Pathologie der Missgeschicke,* veröffentlicht in einer Zeitschrift zur Medizingeschichte im Jahr 1948, wurde ein Buch Tacchis erwähnt, von dem ich nie zuvor gehört hatte, *Die Schweine von Rom.* Darin hieß es: »Tacchi erforschte den Ursprung der Elektroschockbehandlung, indem er Cerletti, einen Vorreiter auf diesem Gebiet, zu den römischen Schweineschlachthöfen begleitete. Die Schweine wurden auf eine Metallplattform getrieben und dort mit heftigen Stromschlägen malträtiert. Ab und zu überlebte ein Tier die Behandlung. In der Regel änderten sie danach ihr Verhalten und zeigten sich fügsam.«

Ich wusste, dass dieses Buch weder an der psychologischen noch an der medizinischen Fakultät vorhanden war. Einige Krankenhäuser verfügten über Bibliotheken, doch die meisten waren aufgegeben, geräumt oder geschlossen. Je mehr ich an das Buch dachte, desto wichtiger schien es mir. Meine erworbenen Verdienste beruhten auf Inexistentem. Ich schrieb eine literaturwissenschaftliche Arbeit, keine über Psychiatrie, doch hatte sich Tacchi in dieser Disziplin auf so nebulösem Terrain verirrt, dass sich auch kein Psychiater dafür interessierte (Tacchis Thesen waren schon fünfzig Jahre zuvor vergessen worden). Ich musste Tacchi also als Schriftsteller vorstellen, nicht als Mediziner, und das konnte ich nur, wenn ich irgendeine Arbeit fand, die sich als narrativ identifizieren ließe. Ich glaubte, die Geschichte mit Cerletti könnte mir dabei helfen.

In den vorhandenen oder fotokopierten Büchern suchte ich nach weiteren Hinweisen. Eins von ihnen trug auf der ersten Seite den Stempel der psychologischen Fakultät, aber man erkannte auf der nächsten Seite einen früheren, verblassten: Sanatorium Spinoza.

Das Institut für Neurolinguistik quoll über vor Texten über Psychiatrie. Entsprechend überrascht war Professor Frilander, dass ich mich für das Sanatorium Spinoza interessierte.

»Es war ein Hospiz für Intellektuelle. Ich weiß nicht, ob es noch existiert. Ich glaube, es lag gegenüber von einem Bahnhof der westlichen Linie. Vor Jahren nutzten sie die Einrichtung zur massiven Behandlung oppositioneller Intellektueller. Viele von ihnen verließen den Ort als treue Vasallen des Regimes, von anderen hörte man nie wieder etwas. Sollte es heute noch existieren, dürfte es ein gewöhnliches Irrenhaus sein, gestraft durch das katastrophale öffentliche Gesundheitswesen. Denken Sie an ein paar Wochen Ruhe?«

Ich wartete mit meiner Reise zum Sanatorium Spinoza bis zum nächsten Samstagmorgen. Ich stieg aus dem Zug, ging drei Block weit und stieß auf den Torbogen. Die Anlage war enorm, fünf U-förmig errichtete Pavillons, die einen verwaisten Garten einrahmten. Ich dachte schon, das Sanatorium wäre geschlossen, bis ich kleine Zeichen von Leben entdeckte. Weit hinten sah ich eine Krankenschwester, ein Patient im Bademantel spazierte durch den Garten, ein Polizist streckte den Kopf durch ein kaputtes Fenster.

Ohne jemandem zu begegnen, ging ich weiter bis zum ersten Pavillon, der Paris hieß. Ein alter, gerahmter und an die Wand gehängter Krankenhausplan zeigte, dass auch die anderen Gebäude die Namen von Hauptstädten trugen: London, Budapest, Sofia und Tokio. Von Patienten gab es hier keine Spur; vermutlich wurde dieser Bereich administrativen Belangen vorbehalten. Ich klopfte an vier Türen, ohne Erfolg. Als ich es schon bei einem anderen Pavillon versuchen wollte, tauchte eine Frau vor mir auf.

»Wen suchen Sie?«

»Könnten Sie mir sagen, wo ich die Krankenhausbibliothek finde?«

»Das hier ist kein Krankenhaus. Hören Sie nicht die Schreibmaschinen?« Von ferne glaubte ich ein Geräusch wahrzunehmen. »Es ist ein Refugium für die brillantesten Köpfe, die die Realität nicht ertragen.«

Ich beharrte auf der Bibliothek.

»Wir haben ein Archiv. Dort stehen auch ein paar alte Bücher. Glaube nicht, dass sie geordnet sind. Aber das Archiv ist der Öffentlichkeit nicht zugänglich.«

Ich zeigte ihr ein Antragsschreiben mit dem Stempel der literaturwissenschaftlichen Fakultät. Nun schien sich die Frau in ihr Schicksal zu fügen.

»Erster Stock. Da ist die Treppe.«

Die riesige Tür zum Archiv stand halb offen. Ein Mann von etwa siebzig Jahren schlummerte in einem Sessel. Ich ging absichtlich laut, um ihn zu wecken. Wir waren umgeben von Regalen, die sich bis zur Decke erstreckten, voll mit ledergebundenen Büchern, medizinischen Zeitschriften und dicken Listen.

»Sind Sie ein neuer Doktor?«, fragte der Mann.

»Nein, ich suche ein Buch. Wenn ich mich umschauen darf, muss ich Sie nicht weiter behelligen.«

»Machen Sie sich keine Gedanken, ich helfe Ihnen. Schon lange her, dass ein Fachmann vorbeikam, denn die Karteien der neuen Patienten werden inzwischen im Computer gespeichert. Hier liegt nur alter Kram, der niemanden mehr interessiert.«

Er suchte nach einem Verzeichnis mit dem Bestand der Bücher, fand es aber nicht. Ich wiederholte, dass er sich nicht zu kümmern brauchte, so viele seien es nicht, ich könnte sie einzeln durchsehen. Der Mann reichte mir eine Leiter, hoch und instabil. Die Arbeit nahm viel Zeit in Anspruch, einige der Bände waren ans Ende des Regals gegen die Wand gerutscht und kaum zu sehen. Es dauerte nicht lange, und ich war vollständig mit Staub bedeckt. Glücklicherweise hatte ich an diesem Morgen mein ältestes Sakko angezogen, das bereits eine eigene Schmutzschicht überzog und gegen neuen Dreck resistent war.

»Ich war Patient hier«, hörte ich den Alten sagen. »So viele Jahre, dass sie mich schließlich zu ihrem Angestellten machten. Andere gehen den umgekehrten Weg.«

»Wissen Sie, wo die ältesten Bücher stehen?«

»Ganz oben, direkt unter den Spinnweben.«

Ich begann mit der Suche, und als ich in der Mitte des vorletzten Regals angekommen war, fand ich eines der Bücher Tacchis, *Neurasthenie und Passion,* und kurz darauf die umfangreichen *Notizen zum Hospiz de la Merced.* Beide hatte ich bereits gelesen und in Fotokopie bei mir. Minuziös durchforstete ich diesen Teil der Bibliothek (die Nähe der beiden Bücher bewies, dass sich eine gewisse alphabetische Ordnung doch noch bewahrt hatte), und schließlich zog ich aus den Tiefen des Regals einen schmalen Band mit schwarzem

Umschlag: *Die Schweine von Rom.* Ich stieß einen Jubelschrei aus.

Der Hüter des Archivs erlaubte mir, dass ich das Buch mitnahm. Er notierte es in einem seiner Heftchen als eine Leihgabe des Sanatoriums Spinoza an das Institut für Nationale Literatur. In dem Raum standen mehrere Metallschränke. Ich fragte ihn, was sie enthielten.

»Lebensläufe der Ärzte, Krankenblätter der Patienten. Früher wurden hier auch Polizeiberichte über einige Insassen verwahrt. Damals kamen viele Schriftsteller, Journalisten und Professoren, die mit Elektroschocks und anderen rekreativen Therapien behandelt wurden.«

»Findet man dort die Namen sämtlicher Patienten, die jemals im Sanatorium gewesen sind?«

»Von fast allen. Es fehlen die Einträge derjenigen, deren Karten vor vielen Jahren die Polizei abgeholt hat.«

»Darf ich mir einige ansehen?«

»Die Karten sind durcheinander, aber es gibt ein Buch mit Zu- und Abgängen. Beachten Sie, dass einige der Namen durchgestrichen sind.«

Er reichte mir das Heft. Die ersten Einträge datierten aus den Dreißigerjahren. Ich erkannte einige berühmte Namen, die im Sanatorium Station gemacht hatten. Die Mehrzahl aber waren Unbekannte. Einige figurierten unter verschiedenen Namen, als ob sie Pseudonyme benutzt hätten und der Schreiber nicht wusste, welche die richtigen waren. Auch auf Tacchi selbst stieß ich, der für kurze Zeit hier Patient gewesen war. Gegen Ende seines Lebens litt er häufiger an wahnhaften, von Alkohol und Opium hervorgerufenen Anfällen – Drogen, die er nach dem Tod seiner Frau ungezügelt einnahm. In seinen Träumen hörte Tacchi die Stimmen seiner Patienten, und diese Erscheinungen waren so real für ihn, dass seine Hörknöchelchen in der Stille des leeren Raums tatsächlich vibrierten.

Ich überblätterte Jahrzehnt für Jahrzehnt, und dort schließlich fand ich ihn, geschrieben in grüner Tinte. Den Namen Homero Brocca.

»Wo finde ich Informationen über einen ganz bestimmten Patienten?«

»Von wann?« Ich zeigte dem Mann den Namen in dem Buch. »Seinerzeit leitete Doktor Brest die Klinik. Nachdem sie ihn hinausgeworfen hatten, sammelte er die Fälle, die ihn am meisten beeindruckt hatten, in einem Buch der Erinnerungen. Hier finden Sie es nicht, ebenso wenig wie die anderen Bücher Brests, weil die, die ihm kündigten, alle Unterlagen verbrennen ließen, damit sein Name nirgends mehr auftauchte.«

Ich dankte dem Archivar und versprach, ihm das Buch von Tacchi bald zurückzugeben, das noch heute in meinem Besitz ist. Am Ende des Ganges fand ich ein Bad, das völlig unter Wasser stand. Ich wusch mir Hände und Gesicht unter dem unablässig fließenden Strahl und fuhr mit dem Zug nach Hause.

Während der Fahrt las ich *Die Schweine von Rom.* Die Zeit verging, und meine Arbeit schritt noch immer nicht voran.

Brests Erinnerungen

Das Auftauchen von Broccas Namen hielt mich weiter von meiner Dissertation ab. In einem Regal des neurolinguistischen Instituts fand ich dank Frilanders Hilfe die fünf Kompendien, die Brest während seiner Amtszeit im Sanatorium angefertigt hatte.

Der erste Band enthielt vor allem Aufzeichnungen über Brests Studien in Mailand, Hamburg und Wien, mit kurzen Abhandlungen über die Persönlichkeiten, die er kennen gelernt hatte. Im zweiten stand einiges zur Geschichte des Sanatoriums, die Brest drei Jahre lang untersucht hatte. Gegründet 1907, wurde das Haus zunächst gewissermaßen heimlich betrieben. In der Öffentlichkeit wurde es als großes Hotel getarnt. »Die Täuschung ging so weit«, schrieb Brest, »dass der erste Direktor der Klinik Aufkleber und Postkarten mit dem Logo des Hotels Spinoza drucken ließ. Nie fehlten an der Rezeption der Page in perfekter Uniform oder eine Vielzahl Reisetaschen mit ausländischen Adressschildchen. Sicher, jemandem, der mit einer gewissen Regelmäßigkeit die Hotelhalle betreten hätte, wäre aufgefallen, dass das Gepäck immer dasselbe blieb und dass es leer war. Sollte ab und zu ein Tourist nach einem Zimmer fragen, wurde ihm selbstverständlich gesagt, das Hotel sei ausgebucht.« Diese Tarnung kam dem Ruf der Patienten durchaus zugute, da wir uns, im Gegensatz zu heutigen Tagen, in einer Zeit befanden, wo psychische Störungen bei Intellektuellen noch jeglichen Prestiges entbehrten. Die langwierigen Therapien wurden als Urlaub getarnt.

Im dritten Band fand ich zu meiner Freude eine flüchtige Notiz über Enzo Tacchi, den Brest bewunderte, jedoch nie persönlich kennen gelernt hatte. Der Direktor hatte sich seine dreißig interessantesten Patienten herausgesucht und ihre Krankengeschichte aufgeschrieben. Außerdem bot der Band einen Einblick in den Klinikalltag, die Organisation der Pavillons und die Konflikte mit dem Gesundheitsministerium.

Im vierten Band dann stieß ich auf die Initialen H. B. Er war der Patient, dem Brest die meisten Seiten widmete. Hier vermischten sich Erinnerungen mit spontanen Beobachtungen.

»Der Philosophiestudent, den ich als H. B. identifiziere, ist besessen von der Person des Giordano Bruno. Er erfindet Spiele zum Gedächtnistraining. Direkt nach seiner Ankunft im Haus Spinoza erkundschaftete er das gesamte Gebäude, um sich jeden Winkel einzuprägen. Ich fragte ihn, warum er das tat. Er erklärte mir, dass er das Haus als Depot nutze für das, was er nicht vergessen will. Wenn er sich, beispielsweise, eine Liste mit zweihundert Büchern merken will, liest er den jeweiligen Titel und assoziiert ihn mit einem Teil des Gebäudes. Wenn er dann im Geist die Klinik durchläuft, tauchen die Buchtitel vor ihm auf. Um zu verstehen, wie das Gedächtnis funktioniert, sagt er, muss man Architektur studieren. Die Zeit verwirrt es, der Raum erhellt es. Zum Beweis demonstrierte er mir die Anwendbarkeit seiner Methode. Ich gebe ihm eine Liste mit hundert Patientennamen, er liest sie sich ein Mal durch und zitiert mir mit unbedeutenden Abweichungen sämtliche Namen.«

Brocca (wenn er es denn wirklich war) war zu diesem Zeitpunkt fünfundzwanzig Jahre alt und hatte kurz zuvor sein Studium begonnen. Seine Noten lagen nie unter neun Punkten. Er war Sohn eines Postangestellten und einer Schneiderin. Der Vater starb im Rawson-Krankenhaus an Lungenkrebs, als Brocca fünfzehn Jahre alt war. Für Doktor Brest war die Beziehung zwischen

H. B. und seinem Vater einer der Gründe für die Störungen seines Patienten.

»H. B. spricht mit vermeintlicher Gelassenheit über seinen Vater, doch als ich ihn bat, ihn zu malen, zerbrach er den Bleistift. Der Vater arbeitete im Zentralen Postamt, und er wäre wohl stets der unbedeutende Angestellte geblieben, hätte er nicht Beziehungen in die Politik gepflegt. In den Fünfzigerjahren wurde er mit der Aufgabe betraut, die Korrespondenz der Opposition nach Briefen durchzusehen, die die Regierung interessieren könnten. Offensichtlich muss er sehr gut gearbeitet haben, denn als seine Vorgesetzten gehen mussten, behielt er seinen Posten auch unter den neuen. Da er sehr viel zu tun hatte, nahm er sich einen Teil der Korrespondenz mit nach Hause und las sie seinem Sohn laut vor. Manchmal wies er ihn auch an, die Briefe selbst zu lesen und ihm zu sagen, welche er an seine Vorgesetzten weiterleiten sollte. H. B.s Bruder, zwei Jahre jünger und nicht mit dessen Fähigkeiten ausgestattet, wurde von der Arbeit verschont, die H. B. hasste. Als mein Patient zwölf Jahre alt wurde, bekam sein Vater eine Abmahnung und wäre beinahe hinausgeworfen worden, weil in der Korrespondenz, die der Sohn ihm als verdächtig herausgelegt hatte, auch apokryphe, vom Sohn selbst aufgesetzte Briefe enthalten waren. Der Vater sperrte ihn zur Strafe eine Woche in sein Zimmer ein, ohne Spiele oder Bücher. Die Bedrohung durch den Vater war stets dieselbe: Ich werde dich vor Langeweile umkommen lassen. Zu diesem Zeitpunkt fing H. B. mit seinem mentalen Training an. Stundenlang sah er auf eine Wand und entdeckte hinter den Unregelmäßigkeiten, den Flecken und Spinnweben Züge einer Landschaft oder eines Gesichtes. In der Maserung des Holzfußbodens las er Wörter in einer Sprache, die nur er verstehen konnte.«

H. B. kam in das Sanatorium Spinoza, nachdem er versucht hatte, sich an einem Balken zu erhängen – das jedenfalls erzählte seine Mutter an dem Tag, als sie ihn brachte. Keinen einzigen Augenblick widersetzte H. B. sich der Einweisung. Für Doktor Brest war nicht auszumachen, ob der Selbstmordversuch echt oder vorgetäuscht war. Innerhalb des Sanatoriums verhielt sich H. B. mustergültig, mehr daran interessiert, die anderen Patienten kennen zu lernen, als in die Welt draußen zurückzukehren.

»H. B. hat eine Geschichte geschrieben, deren ursprüngliche Fassung ich nicht auffinden konnte. Mit dieser Geschichte erfand er eine Art Spiel, indem er die anderen bat, sie umzuschreiben. Er forderte sie auf, den Handlungsfaden zu variieren und so Botschaften auszutauschen. Die Ergebnisse sammelt er und liest die Fassungen vor, in denen sich die Psychose am deutlichsten zeigt. Diese Fassungen werden dann wieder von anderen Patienten umgeschrieben. Das geheimnisvolle Spiel scheint kein Ende zu haben. H. B. weigert sich, über seine Experimente zu sprechen, aber eines Tages erwähnte er mir gegenüber, dass das Schreiben für ihn keine Bedeutung hat, es sei denn, es beeinflusst die Realität. Deswegen, sagte er, interessiert mich die Politik. Nicht die zugrunde liegenden Ideen, sondern der Realitätsgehalt der Politik. Ich fragte ihn, mit welcher Strömung er sympathisiere. Er antwortete darauf, die Strömung sei ihm egal. Wichtig sei ihm, zu beeinflussen, zu verändern, in jede Richtung.«

H. B. war zwei Monate in der Klinik. Er wurde danach nicht mehr auffällig. Der einzige dunkle Punkt war seine Beziehung zu einem alten, manisch-depressiven Geschichtsprofessor, der sich entschlossen hatte, seine Memoiren zu verfassen. H. B. bot sich als Schreiber an. Er hörte ihm stundenlang zu und schrieb dann die Erinnerungen nieder. Doch H. B. gab seinen Aufzeichnungen einen so beklemmenden Ton, dass die Wirkung auf den Professor niederschmetternd war. Als die Arbeit beinahe beendet war, stürzte er sich aus dem dritten Stock, nachdem er vorher alle Blätter verbrannt hatte. In der Nacht vor dem Selbstmord hatte H. B. ihm die letzten Kapitel vorgelesen.

Weil man H. B. nicht nachweisen konnte, dass es seine Absicht gewesen war, den Patienten zu manipulieren, wurde der Student freigesprochen. Kurz darauf nahm er sein Studium wieder auf.

»Wenn ich mich heute an den Fall erinnere, bin ich überzeugt, dass diese Episode ein weiteres Experiment H. B.s war, um zu beweisen, dass Schreiben die Wirklichkeit verändern kann«, schloss Doktor Brest das Kapitel. »Vor drei Jahren habe ich ihn zuletzt in meinem Sprechzimmer gesehen. Wie es seine Art war, hatte er sich mit einem anderen Namen vorgestellt. Ich frage mich, wo er jetzt sein mag. Ich frage mich, welchen Namen er trägt.«

Schiffbruch der *Gorgona*

Broccas Aufenthalt im Sanatorium Spinoza tauchte weder in der Chronologie Condes noch in der Selva Granados' auf. Über diese Information verfügte ich allein, und dank meiner zufälligen Entdeckung hatte ich mich in das traurige Grüppchen der Brocca-Spezialisten eingereiht.

Ich erinnerte mich an einen von Grogs Ratschlägen und besuchte die anderen Institute, um herauszufinden, ob Gaspar Trejo auch meine Kollegen befragt hatte. Sein Name sagte niemandem etwas. Ich überlegte, dass er vielleicht eine andere Identität angenommen haben könnte, und beschrieb den abgewetzten Umhang, den Schal mit dem Schottenmuster, das Husten und Niesen. Doch nichts. Trejo hatte gelogen. Im ganzen Gebäude war ich das alleinige Opfer seiner Nachforschungen. Er hatte eine heiße Spur, die ihn ohne Umwege von der Leiche des Hausmeisters in das Institut für Nationale Literatur führte.

Meine Gefährten in der Gefahr statteten mir zwei kurze Besuche ab – zum Glück getrennt. Selva Granados löcherte mich nach Conde. Sie wollte wissen, ob er ängstlich wirkte, ob er an Schlaflosigkeit oder Schwindel litt, ob er bereit wäre, die Präsentation der *Substitutionen* abzusagen.

»Nichts von alledem. Ich erlebe ihn besser gelaunt denn je.«

»Und über mich hat er nichts gesagt?«

»Er bat mich, Sie nicht mehr ins Institut zu lassen.«

»Perfekt. Dann hat er meinen Brief bekommen.«

Ich versuchte, ihr Näheres aus der Nase zu ziehen, doch nichts gefiel ihr besser, als sich in Rätselhaftigkeit zu hüllen. Erst als mein Interesse scheinbar nachließ und ich ihr versicherte, dass Conde jede Gefahr überwinden würde, verkündete sie:

»Ich habe einen Zeugen und eine Aussage auf Band.

Die Geschichte, die uns Conde zum Raub der Bücher aufgetischt hat, ist total falsch. Zur Präsentation werde ich Namen und Fakten liefern. Es reicht schon, wenn man mich eine Minute reden lässt, und der Alte ist fertig. Der Geist Broccas wird aus den Tiefen des Ozeans auferstehen und sich an seinem Wärter rächen.«

In Wirklichkeit ist Brocca in einem Fluss ertrunken, nach dem Schiffbruch der *Gorgona* während eines schweren Südoststurms, aber Granados bevorzugte die dramatischere Variante.

Ich riet ihr zur Vorsicht. Sollte sie Conde ohne Beweise anschwärzen, noch dazu vor vielen Menschen, könnte sie ihren Lehrauftrag verlieren und die Stipendien, mit denen sie ihren Lebensunterhalt finanzierte und die Publikationen ihrer Forschung über Brocca.

»Mach dir keine Sorgen um mich, sondern um deinen Meister«, sagte sie zum Abschied, unnötig aggressiv.

Für Selva Granados war der Angriff auf Conde wichtiger als der Tod des Hausmeisters. Novario, der zwei Stunden später mit Sonnenbrille und mit hochgeschlagenem Kragen seines Trenchcoats im Institut ankam, schien besorgter. Vor allem als ich ihm von Trejo erzählte.

»Neulich habe ich so jemanden getroffen, jemanden, wie Sie ihn beschreiben. Aber er sagte mir, dass er nichts Spezielles wollte.«

»Wo haben Sie ihn getroffen?«

»Er lief im vierten Stock umher. Es war so gegen sechs. Ich hörte ein lautes Niesen hinter mir und erschrak. Und dann sah ich ihn. Im Kamelhaarmantel mit dem aufgerissenen Kragen und einem Schal, mit dem er sein Gesicht verdeckte. ›Wegen der Allergie‹, sagte er mir. ›Ich vertrage den Staub nicht.‹«

»Worüber haben Sie gesprochen?«

»Er hat geredet, fast die ganze Zeit. Er hat mir seinen Namen nicht genannt, aber er erklärte mir, dass er Architekt sei und vom Direktorium beauftragt, den Widerstand des Gebäudes gegenüber dem enormen Gewicht der Dokumente zu berechnen. Er sagte mir, dass er die Möglichkeit zu ermitteln versuche, alle Unterlagen herauszuholen und zu verbrennen. Er fragte mich nach meiner Meinung.«

»Und was haben Sie gesagt?«

»Dass viele sehr wichtige Papiere bislang noch nicht identifiziert seien.«

»Und er sprach nicht vom Hausmeister?«

»Er hat den Fall erwähnt, mehr nicht. Und ich habe meinen Mund nicht aufgemacht.«

Ich beschloss, weder Granados noch Novario gegenüber anzudeuten, was ich über Brocca erfahren hatte. Lieber wollte ich den passenden Moment abwarten, die Informationen vervollständigen und eine neue Biografie schreiben, die alle vorherigen als gegenstandslos enttarnte. Die einzige Übereinstimmung bei Granados und Conde war der Untergang der *Gorgona.* Doch die Berichte darüber unterschieden sich. Conde zufolge hatte Brocca sich mit ein paar politischen Flüchtlingen abgesetzt. Als sie im Hafen einliefen, weigerte sich Brocca, von Bord zu gehen, weil er fürchtete, man würde ihn umbringen, sobald er nur einen Fuß auf die Erde setzte. Also blieb er als Einziger auf dem Schiff. In jener Nacht blies der Südostwind ärger denn je. Drei Tage später fand ein Frachter eine Rettungsweste mit dem Namen der *Gorgona.*

In der Version Selva Granados' war die *Gorgona* ein sieben Meter langes Segelschiff; Brocca ertrank während eines Ausflugs in Begleitung eines hübschen Fräuleins, das gerade zur *Miss bahía Las Arenas* gewählt worden war. Doch auch hier wurde die Leiche nie gefunden.

Ich nahm mir einen Mittwoch frei, um nach Tigre zu fahren. Ich hatte herausgefunden, dass in der Bibliothek der Vereinigung der Veteranen der Handelsschifffahrt ein Verzeichnis aller Schiffbrüche geführt wurde, die sich seit dem letzten Jahrhundert auf dem Fluss ereignet hatten. Es war lange her, dass ich das letzte Mal mit dem Zug nach Tigre gefahren war. Ich lief das Ufer entlang, bis ich zu einem grün gestrichenen Haus kam, dessen Eingang ein Bugspriet schmückte. Im Erdgeschoss befand sich ein Museum, in dem Modellschiffe, Anker, Ruder und Navigationsbestecke der denkwürdigsten Schiffe ausgestellt waren. Im ersten Stock, in der Bibliothek, traf ich auf einen alten Mann, der mit zittriger Hand eine lange Pinzette in eine Flasche einzuführen versuchte. Ich räusperte mich, ich trat laut auf, ich hustete, ich pfiff, aber es gelang mir nicht, seine Aufmerksamkeit zu gewinnen.

»Ruhig Blut«, sagte er nach ein paar Minuten. »Es gibt nichts Schwierigeres, als ein Schiff in eine Flasche zu kriegen. Außer es wieder herauszuholen.«

»Das kann ich mir vorstellen.«

Ich wollte ihn schon mit meinem Anliegen behelligen, aber er redete weiter:

»Das ist schwerer als alles andere. Eine Gehirnoperation, zum Beispiel. Haben Sie schon mal ein Buddelschiff gemacht?«

»Nein. Ich habe aber auch noch nie ein Gehirn operiert.«

»Das Geheimnis ist die Geduld. Sobald man zu hastig ist, bricht der Hauptmast oder man verliert den Schiffsschnabel.«

Ich fragte ihn nach dem Verzeichnis der Schiffbrüche. Er ließ mich noch etwas warten und zeigte dann auf einen metallenen Karteikasten.

»Hier finden Sie alle Informationen alphabetisch geordnet. Vor gut fünfzig Jahren hat der Museumsdirektor beschlossen, alle zur Verfügung stehenden Daten hier zu sammeln, gewissermaßen als Dienst an der Gemeinde. Anfangs hat er noch selbst den Namen des verlorenen Schiffes, das Datum, die Wetterverhältnisse, die Namen der Ertrunkenen eingetragen. Seit zwanzig Jahren bin ich mit dieser traurigen Aufgabe betraut. Es ist, als ob ich der Buchhalter Poseidons wäre oder der eines geringeren, für den Fluss zuständigen Gottes. Wie heißt das Schiff, das Sie suchen?«

»*Gorgona.*«

Der Alte zeigte mir das Buddelschiff, das er soeben fertig gestellt hatte, und bat mich, den Namen der Miniatur vorzulesen. Mühsam entzifferte ich die winzigen Buchstaben: *Gorgona.*

»Ein Zufall«, sagte ich verwirrt.

»Das ist kein Zufall«, entgegnete er. »Hier kommt sonst nie jemand her. Und dann tauchen in einer Woche gleich zwei auf, die nach demselben Schiff fragen.«

»Wer kam denn noch?«

»Ein Kapitän der Handelsschifffahrt. Ein außergewöhnlicher Mann. War schon auf der ganzen Welt. In jungen Jahren ist er mal vor der Küste Madagaskars gekentert. Der ist so an das Klima auf dem Meer gewöhnt, dass ihn die Stadtluft umbringt. Die Kapitäne der Handelsschifffahrt sind eine aussterbende Spezies. Kapitän Trejo hat das Sumpffieber und die Malaria überlebt, aber eine ordinäre Grippe, und er ist hinüber.«

»Und, haben Sie etwas zur *Gorgona* gefunden?«

»Wir haben gesucht, aber nichts entdeckt. Entweder hatte das Schiff einen anderen Namen, oder es ist nie untergegangen. Unmöglich, dass es uns durchgerutscht ist, erst recht wenn es einen Ertrunkenen gab.«

Bevor ich ging, wollte mir der Alte noch seine Miniatur verkaufen. Zunächst nannte er mir eine horrende Summe, war dann aber mit ein paar Pesos zufrieden, die ich in der Tasche hatte. Ich hörte ihn hinter meinem Rücken schimpfen, Buddelschiffe zu bauen wäre wirklich die undankbarste Aufgabe der Welt, undankbarer noch, als die echten Kähne zu fahren.

Trejos Museum

Am Freitagnachmittag erhielt ich im Institut einen Anruf. Es war Trejo.

»Miró, es wird Zeit, dass wir ernsthaft miteinander reden. Ich will mehr über Brocca wissen.«

Ich wollte mir schon eine Entschuldigung ausdenken, aber Trejo kam mir zuvor und zwang mich, mir eine Adresse aufzuschreiben.

»Kommen Sie heute um neun. Ich bin nicht Ihr Feind, und wir haben eine Menge zu besprechen. Ich will Ihnen mein Museum zeigen.«

Um Viertel nach neun stieg ich die Stufen hoch in den

fünften Stock eines alten Gebäudes bei den Arkaden des Once-Viertels. Selbst zu Hause trug Trejo seinen Schal.

»Die Heizung ist kaputt. Ich habe den ganzen Tag den Ofen an, aber der schafft es nicht, den Raum zu erwärmen. Das Haus ist groß, die Decken hoch, die Fenster schließen nicht richtig ...«

An den Wänden des Wohnzimmers standen auf schmalen, hochbeinigen Tischen ein paar Vitrinen. Die Glastruhen wirkten wie ausrangierte Aquarien.

»Ich habe sie von einer Tante geerbt, die ein Juweliergeschäft hatte. Ich wollte sie erst verkaufen, habe dann aber gemerkt, dass sie mir bei meinen Ermittlungen hilfreich sein könnten. Im Moment steht das Museum fast leer, aber bald schon kommen weitere Stücke dazu. Ich rechne mit Ihrer Unterstützung.«

Ich erkannte eines von Condes Büchern, ein Exemplar der *Verschwundenen Blätter* mit einem Foto Granados' auf dem Umschlag, eine der unzähligen, aus einer Zeitung kopierten Fassungen der *Substitutionen.*

»Wenn Sie nicht über ausreichend materielle Beweise verfügen, können Sie das Museum auch mit Worten füllen«, entschuldigte sich Trejo.

Ich holte die *Gorgona* aus meiner Tasche. Trejo freute sich wie ein kleiner Junge über ein neues Spielzeug und stellte die Flasche in sein Museum.

»Diese Vitrine nenne ich ›Broccas Tod‹. Nein, besser ›Untergang der *Gorgona*‹. Schließlich haben wir keinen Beweis, dass Brocca tot ist.«

»Warum haben Sie nur mich vernommen? Das Haus ist voll mit Verdächtigen.«

»Jemand hat beim Pförtner einen Umschlag mit einem Zettel für mich hinterlegt. Darauf stand lediglich ›Institut für Nationale Literatur‹. Die Buchstaben waren auf einer Schreibmaschine mit abgenutztem Farbband getippt. Ich bin mir nicht sicher, ob man mich zu Ihnen oder zu Conde führen wollte. Unterschrieben war das Blatt mit dem Namen eines Toten.«

»Vieyra?«

»Nein, Brocca.«

Er bot mir einen Platz im Esszimmer an und ging hinaus, um Kaffee zu kochen. Ich fing an, die ganze Geschichte zu erzählen, aber Trejo tat, als ob ihn das alles nicht interessierte. Er unterbrach mich, um zu fragen, ob ich den Kaffee gerne stark trank, ob ich ihn mit Zucker oder Süßstoff wollte, ob mit Milch oder schwarz. In der Mitte meiner Bekenntnisse redete er wütend auf die Espressomaschine ein, die seine linke Hand mit einem heißen Wasserstrahl bespritzt hatte. Ich verheimlichte ihm nichts, außer meinem Besuch im Sanatorium Spinoza.

»Haben Sie irgendwas von dem, was ich Ihnen erzählt habe, verstanden?«

»Jedes Wort. Deswegen habe ich Sie herbestellt.«

»Was meinen Sie?«

»Und Sie?«

»Einer von den dreien, Granados, Novario oder Conde, hat den toten Hausmeister gefunden und ihn benutzt, die anderen zu erschrecken.«

»Und wenn sie ihn umgebracht haben?«

»Warum? Es hat ihn niemand gekannt.«

»Das stimmt nicht. Conde kannte ihn gut.« Trejo servierte den Kaffee in Tassen aus englischem Porzellan, die er, wie er sagte, ebenfalls von seiner Tante geerbt hatte. »Vor drei Jahren untersuchte ich den Raub einer Briefsammlung von Schriftstellern des vergangenen Jahrhunderts. Es war einer meiner ersten Fälle. Ein ehemaliger Student des Instituts für Nationale Literatur hatte sie gestohlen und versucht, die Beute in die Vereinigten Staaten zu bringen, wo er bereits einen Käufer hatte. Da er so etwas Ähnliches schon mal in der Nationalbibliothek gemacht hatte, konnte ich ihn leicht aufstöbern. Er war bereit, die Briefe zurückzugeben, wenn ich ihm versprach, die Angelegenheit nicht an die große Glocke zu hängen. Teil dieser Vereinbarung war, dass er mir den Namen seines Komplizen nannte. Es war Vieyra, der ihm die Tür zum Institut aufgeschlossen hatte, als das Gebäude fast menschenleer war. Sie hätten den Hausmeister daraufhin beinahe rausgeworfen, aber Conde rettete seinen Kopf.«

»Wie denn?«

»Er behauptete, die Briefe hätten schon lange vor der Zeit gefehlt, als der Hausmeister dort zu arbeiten anfing. Seitdem hatte er Vieyra in der Hand und nutzte das aus, wo er nur konnte. Im vergangenen Jahr half ihm der Hausmeister, eine Bewerbung für eine Ausschreibung verschwinden zu lassen. Ich bin mir auch ziemlich sicher, dass Vieyra Novario bei seinen Besuchen im vierten Stock beobachtete.«

»Und die Polizei, was sagt die?«

»Die kam mit dem Untersuchungsrichter überein, dass es sich um Selbstmord handelte. Sie haben den Fall zu den Akten gelegt. Zumindest solange ich keine neuen Beweise bringe. Sie ziehen es vor, der Universität nicht in die Quere zu kommen. Stattdessen lassen sie ihre Vertrauensmänner gewähren, diese vor sich hindämmernden Scheinstudenten, die Jahr für Jahr Informationen sammeln, die sie nicht zu deuten wissen. Ich stehe da ziemlich allein, und Sie arbeiten an dem Ort, an dem sich alle Spuren kreuzen. Wollen Sie mir helfen?«

Ich antwortete nicht. Ich trank den Kaffee aus und ging zur Tür. Trejo bestand darauf, mir einen Keks, den er aus einer Dose holte, für den Weg mitzugeben. Ich hatte schon davon probiert, sie schmeckten alt. Doch er ließ sich nicht abbringen. Kaum war ich auf der Straße, warf ich ihn weg. Beim Hinausgehen warf ich noch einen letzten Blick auf sein Museum. Ich zog die Ankündigung der Präsentation der *Substitutionen* aus der Hosentasche und ließ sie in eine leere Vitrine fallen.

Gaspar Trejo war zum nächsten Akt des Dramas eingeladen.

Die Akten

Etwa zu dieser Zeit verließ Diego unsere Mittwochsrunde, und die Gruppe schmolz auf Grog und mich zusammen. In den Rauch seiner Zigarette gehüllt, erörterte Grog gelangweilt die Illusionen, denen die Menschen sich hingaben, wenn sie sich von der Aussicht auf eine feste Anstellung, Heirat, ein Auto auf Raten oder das bescheidene Vertrauen auf eine bessere Zukunft verführen ließen. Ich hatte keine Freundin, weil ich keine gefunden hatte, ich kam beruflich aus Unvermögen nicht weiter. Bei Grog dagegen hatte sich alles so entwickelt, weil er es so gewollt hatte. Deswegen vertraute ich seinen Ratschlägen. Auf alles hatte er verzichtet, nur auf sich selbst nicht.

Bitter erzählte ich ihm von der Buchpräsentation, auf der Conde sicher eine Rede hielt, in der meine Arbeit noch nicht einmal Erwähnung finden würde. Das Ohr an die Tür zur Krypta gepresst, hatte ich ihn rezitieren hören: »Anfangs, als ich eintauchte in diesen Ozean aus Erzählungen, war ich erschrocken. Wie sollte ein Mann allein bei all diesen unzähligen Fassungen zu einer Version der Geschichte kommen? Aber ich ließ mich nicht entmutigen. Ich arbeitete, bis ich über den Seiten einschlief. Ich nutzte meine Fantasie, mein Gefühl, die Statistiken. Und in meinen schlaflosen Nächten stieß ich von den Außenbezirken der Erzählung in deren Zentrum vor, bis zu dem ursprünglichen Wort.«

Ich hatte diese Arbeit geleistet, und Conde nahm sie mir mit einem Prankenhieb. Grog verstand meine Aufregung nicht. Er achtete immer darauf, unerwähnt zu bleiben. Ich hatte ihn unter einem Spitznamen kennen gelernt, einer eigenwilligen Abwandlung seines Nachnamens. In meiner Bibliothek hatte ich einige seiner Übersetzungen, immer gezeichnet mit anderen Kürzeln.

»Jeder Name ist nur Pseudonym«, wiederholte er beharrlich, wenn das Thema darauf kam.

Für mich wurde er mit den Jahren immer rätselhafter. Es gab Tage, da sah man ihn auf der Straße, wie er versunken in irgendein Schaufenster starrte, das jeglichen Interesses entbehrte, oder in eine leere Tasse, während er einen Krimi redigierte oder manchmal, seltener, einen Science-Fiction-Roman. Derzeit traf man ihn kaum. Er redete nicht von seinen – vielleicht absichtlich verschwiegenen – gelegentlichen Jobs, er lud keine Leute in seine Wohnung ein, die wir uns als Chaos aus Büchern ausmalten. Es war, als ob er nur während unserer Treffen an Körperlichkeit gewann, um danach in das mysteriöse Dunkel seiner Einsamkeit zurückzuverfallen. Oft versuchten Diego, Jorge und ich zu erraten, wovon Grog eigentlich lebte. Der eine glaubte an die Partei, der andere, irregeführt durch seine Zengleichnisse, an ein orientalisches Wunder. Jorge kam eines Tages mit der Nachricht, Grog würde überhaupt nicht arbeiten, seine Mutter hielte ihn aus, er starrte den lieben langen Tag nur an die Decke und verschwendete seine Zeit mit unnützen Überlegungen, die er zuweilen für Spaziergänge durch die Stadt, schlaflose Kinonächte und den Besuch bei einer verheirateten, in einem großen Haus lebenden Frau unterbrach. Wir schrieben hinter seinem Rücken Grogs Leben. Vor ihm schwiegen wir.

Aber jetzt waren wir allein, und das aufkommende Schweigen war unangenehm. Als einziges Thema blieb Diegos Verschwinden. Fiel es weg, konnte die Spannung zwischen uns unerträglich werden.

Ich sagte:

»Diego ist weg. Das ist alles.«

»Scheint so.«

»Er hat jetzt einen guten Job. Er hat schon immer gern mit Computern gearbeitet. Das erste Jahr wird er in Toronto eingearbeitet. Und dann schicken sie ihn in eins dieser unterentwickelten Länder.«

»Reisen, wie anstrengend. Ich kann mir überhaupt keinen anderen Ort zum Leben vorstellen als diesen.«

»Ich würde gerne mal von einer Stadt in die nächste ziehen.«

»Mir schnürt sich schon alles zu, wenn ich nur an die ganzen Museen, Landschaften, Flughäfen denke. Die Welt wird so klein, wenn man sich auf ihr bewegt. Und wohin wir auch gehen: Jede Nacht landen wir in irgendeinem vermufften Hotelzimmer und starren auf die Spinnweben an der Decke. Habe ich dir die Geschichte des Pilgers erzählt, der auf der Suche nach dem Tempel von Ishnar war?«

Grog hatte mir schon so viele Zengeschichten erzählt, dass ich sie gar nicht mehr auseinander halten konnte.

»Ein Priester erwacht eines Morgens mit dem Bild eines goldblauen Tempels vor Augen. Er nimmt dieses im Traum geschickte Zeichen an und macht sich auf den Weg. Die Reise dauert Jahre. Niemand will den Tempel mit Gewissheit gesehen haben, aber einer erinnert sich dunkel an einen Namen: Ishnar. Von diesem Zeitpunkt an fragt der Pilger in jedem Dorf nach Ishnar. Und die Leute antworten ihm: Ishnar kam vor Jahren einmal her, Ishnar lebte in der Nähe des Sees, doch inzwischen ist er fort. Der Geistliche glaubt, die Leute machten sich über ihn lustig oder sie verwechselten seinen Tempel mit einer Person. Seine Reise führt ihn schließlich in eine Wüste, und als er beinahe verdurstet, sieht er in der Ferne die Kuppeln eines Tempels. Als er näher kommt, erkennt er die Architektur aus seinem Traum. Doch der Tempel bewegt sich. Tausende Gläubiger rollen ihn auf unzähligen Baumstämmen durch das Nichts. ›Wohin wollt ihr denn mit dem Tempel?‹, fragt der Pilger. ›Wir suchen einen Mann, der von ihm geträumt hat‹, antworten sie ihm. ›Das war ich. Ich habe mein Leben dafür gegeben, ihn zu finden.‹ – ›Dummkopf‹, tadelt ein Priester. ›Wir kamen an deinem Haus vorbei, doch niemand hat aufgemacht. Wir haben jeden gefragt, der dich kannte, und alle vermuteten, du seist gestorben. Wie soll dein Schicksal dich finden, wenn du dein Heim verlässt?‹«

»Und die Moral von der Geschicht?«, fragte ich nach

kurzem Schweigen, obwohl ich wusste, dass für Grog gerade das Fehlen der Bedeutung das Wesentliche an den Gleichnissen war.

»Wer reist, verfehlt seine Bestimmung.«

Grog brauchte ein Forum, um glaubwürdig zu wirken. Mit mir allein verloren seine Sätze an Überzeugungskraft. Er war wie ein Guru mit einem einzigen Schüler. Des Echos beraubt, das seine Worte in den anderen hervorrief und das die Quelle seiner Macht war.

Wenige Tage vor der Präsentation der *Substitutionen* drohte die Veranstaltung noch zu platzen. Die Professoren traten in Streik, und schon bald folgten ihnen die Studenten, wenn auch aus anderen Gründen. Zum Glück drangen nur die gedämpften Ausläufer des Konfliktes, der Arbeitsniederlegung und der Demonstrationen bis ins Institut vor. Es geschah selten, dass Studenten Flugblätter verteilten oder Vollversammlungen einberiefen, und wenn, dann meistens weil Gerüchte über Ereignisse kursierten, die sich an anderen Orten abspielten. Das Gebäude war verwaist. Ich hatte Lust, das Institut abzuschließen und über die verlassenen Flure zu schlendern.

Ich stellte mir vor, ich wäre Millionär und mein Besitz wäre so groß, dass ich Teile davon einfach vergaß. Dann aber erinnerte mich jemand an die Existenz eines Gebäudes, und so besichtigte ich mein Eigentum und überlegte mir, was damit geschehen sollte. Ich kam zu dem Schluss, ein mir selbst gewidmetes Museum daraus zu machen, aufgeteilt in Abteilungen zu bestimmten Phasen meines ereignisreichen Lebens. Über dieser Träumerei stieg ich die Treppe hoch in den vierten Stock.

Ich hatte den Boden seit der Exkursion, die im Auffinden des toten Hausmeisters gipfelte, nicht wieder betreten. Ich war mir nicht sicher, ob ich es mir nur einbildete, aber einige der Säulen schienen ihren Platz gewechselt zu haben. Ich wollte noch einmal zu der Stelle, an der wir die Leiche gefunden hatten, aber der Weg lag voller Schutt.

Der Boden wurde immer nasser. Die Papiere in diesem Stockwerk waren aufgrund des aus irgendwelchen Löchern sickernden Wassers zu einem festen Brei verquollen. Nicht weit von mir hörte ich Schritte, denen ich mich lautlos näherte.

Es war Novario. Er suchte nach den blauen Heften, unermüdlich.

»Haben Sie Granados gesehen?«, fragte ich ihn unvermittelt.

Novario zuckte zusammen und schnappte nach Luft, bevor er antworten konnte.

»Ich habe sie neulich getroffen, aber sie wollte mir nichts verraten. Nur, dass sie einen bombensicheren Plan hat.«

»Und Sie?«

»Ich werde während der Präsentation auch um das Wort bitten. Ich kann beweisen, dass Brocca in einer neuropsychiatrischen Klinik war und dass Conde diese Information unterschlagen hat, um uns mit einer gefälschten Biografie auf die falsche Fährte zu bringen.«

Ich spürte, wie sie mir einen Schatz entrissen. Jäh fiel ich von der hierarchischen Leiter der Brocca-Spezialisten.

»Condes Bruder hat in der Klinik gearbeitet«, fuhr Novario fort. »Er war es, der ihm von Brocca erzählt hat, obwohl sie sich nie kennen gelernt hatten. Conde zog es vor, einen Lebenslauf zu erfinden, damit niemand an Brocca herankommen kann. Dass er ihn mit niemandem teilen muss. Mehr sage ich nicht, Sie arbeiten noch für Conde.«

»Er ist mir nicht mehr besonders sympathisch. Ich hatte die Arbeit, und er hat mich aus dem Buch gestrichen.«

»Das haben Sie von Ihrer Vertrauensseligkeit. Sie hätten Ihre Ansprüche schriftlich festlegen müssen.«

Wir gingen auf die Treppe zu. Novario schimpfte.

»Sehen Sie sich meine Schuhe an. Hier muss ein Rohr kaputt sein. Es können Jahrhunderte vergehen, bis sich jemand entschließt, es zu reparieren.«

Ich verabschiedete ihn an der Tür zum Institut, weil ich fürchtete, dass er mich hineinbegleiten wollte. Das Telefon klingelte. Es war meine Mutter. Ich erzählte ihr, dass Conde vorhatte, mich bei der Präsentation außen vor zu lassen. Zunächst verteidigte sie ihn noch, doch dann fing sie an, sich auf ihn nur noch als »den Verräter« zu beziehen, was mich beruhigte. Zwar konnte ich meine Autorität nicht wiederherstellen, aber wenigstens würde ich Conde Kopfschmerzen bereiten.

An diesem Nachmittag las ich zum zweiten Mal *Die Schweine von Rom* von Enzo Tacchi. Das Buch war nicht langweilig, aber ich schlief trotzdem in dem einzigen Sessel des Instituts ein. Als ich wieder aufwachte, war es schon Nacht. Ich öffnete die Institutstür. Die Flure lagen verlassen im Dunkeln. Ich hatte keine Uhr. Ich versuchte, die Zeit anhand des Straßenlärms abzuschätzen, aber die Stille des Gebäudes erstickte jedes Geräusch. Ich wollte das Flurlicht anmachen, aber es ging nicht. Jemand hatte auf der ganzen Etage den Strom abgestellt. Ich tappte Richtung Treppe durch die Dunkelheit.

Im ersten Stock sah ich weit entfernt ein Licht, das auf mich zukam.

Ich dachte an einen Mann mit einer Taschenlampe, doch das Licht war sehr weit oben. Ich erinnerte mich an den Nachtwächter und seinen Bergarbeiterhelm.

Dreißig Meter entfernt blieb er stehen. Sein Gesicht war nicht zu erkennen, hinter der Helligkeit der Lampe zeichneten sich die Umrisse seines Körpers ab.

»Wer ist da? Was suchen Sie?«

Ich fragte mich, ob der Nachtwächter eine Waffe hatte. Mit zitternder Stimme nannte ich meinen Namen und den vom Institut.

»Was machen Sie hier?«

»Ich hatte noch gearbeitet … darüber ist die Zeit vergangen.«

»Die Tür ist geschlossen. Sie werden bis morgen früh warten müssen.«

»Das geht nicht. Ich werde erwartet.«

»Niemand erwartet Sie. Niemand erwartet Leute, die hierher kommen. Die versuchen, so lange zu bleiben wie möglich, weil niemand sie nirgendwo erwartet. Alle paar Wochen ertappe ich jemanden, der sich nicht zu gehen traut, und muss ihn hinauswerfen.«

Er verstummte. Er ließ die Sekunden verstreichen, als wäre er der Herr der Zeit.

»Ich streife nachts durch das Gebäude, weiß aber genau, was tagsüber passiert. Ich weiß, wer Sie sind, ich weiß von jedem, wer er ist. Ich beobachte sie von oben. Ich weiß, wohin sie gehen und warum. Da oben gibt es für jeden eine Akte, in der sein Schicksal geschrieben steht. Niemand kann die seine finden. Und ich sorge dafür, dass das so bleibt.«

Er kam näher. Ich sah seinen Mund, sein unrasiertes Gesicht, seine große Nase.

»Ich bin ein Handlanger des Schicksals. Ich vermerke in den Akten alles, was passiert und warum es passiert.«

In einem bestimmten Moment der kurzen Unterhaltung hatte ich die nötige Klarheit, um zu bemerken, dass ich einem Verrückten in die Hände gefallen war. Langsam, Schritt für Schritt, entfernte ich mich. Er erriet, dass ich entkommen wollte, denn er brüllte:

»Die Tür ist offen! Verschwinden Sie schleunigst. Um diese Zeit kommen die Ratten aus ihren Löchern.«

Ich rannte die Treppen hinunter. Die Tür zur Straße war angelehnt. Ich ging unter den schweren Bronzeblättern hindurch und lief ohne anzuhalten zu mir nach Hause, als würde der Nachtwächter mir durch die dunklen Straßen folgen.

Präsentation

Am Tag der Präsentation war die Aula in tadellosem Zustand, und das, obwohl sich der Rest des Gebäudes, das vom Streik in Mitleidenschaft gezogen war, in eine Müllhalde verwandelt hatte. Ich hatte keine Ahnung, wie Conde die Leute zu dieser Rücksicht bewegt hatte. Auf einem Podest an der Längsseite des Raumes wartete der Kameramann eines öffentlichen Fernsehkanals gelangweilt auf seinen Drehbeginn. Conde hatte mir angekündigt, dass die Veranstaltung in der Sendereihe »Kultur unserer Zeit« ausgestrahlt werden sollte, die jeden Dienstag nach dem Mitternachtsfilm lief.

Ich setzte mich nach hinten. Die vorderen Reihen

waren von Fakultätsoberen, Vertretern des Bildungsministeriums, Mitgliedern der Akademie sowie Freunden Emiliano Condes belegt. Ich sah mich nach Granados um, konnte sie aber nicht entdecken.

Die Veranstaltung war für sechs Uhr angesetzt. Inzwischen war es halb sieben, und Conde unterhielt sich vergnügt mit drei Damen aus der ersten Reihe. Aus der dritten reckte sich eine Frau so lange, bis Conde ihr endlich Gehör schenkte. Es war meine Mutter, die gemurrt hatte. Unbehaglich nickte Conde ihr zu.

Ich hatte mir eine der hinteren, leeren Bänke gesucht. Novario setzte sich neben mich.

»Sind Sie bereit für einen Angriff auf Conde?«

»Ich? Bin ich verrückt?«

»Und Ihre Bekanntmachung?«

»Ich dachte, es wären weniger Leute hier. Aber hier sitzen Politiker, Akademiker, Funktionäre. Wenn ich ihn anklage, werden sie mich an der Universität zur Persona non grata erklären. Besser, ich überlasse diese Arbeit unserer Freundin Kamikaze. Haben Sie sie schon irgendwo gesehen?«

»Bis jetzt noch nicht.«

Auf der Bühne standen neben dem Flügel ein Tisch und zwei Stühle. Conde und ein ehemaliger Rektor der Universität, Espert, nahmen gekünstelt langsam, weil die Aufmerksamkeit des Publikums suchend, Platz. Espert testete das Mikrofon, das einen entsetzlich lauten Brummton von sich gab, und hob dann zu seiner Lobpreisung auf die Person Condes an. Der Geehrte lächelte bescheiden.

Als Conde an der Reihe war, begann er:

»Nicht meine Person ist hier von Bedeutung, sondern die Broccas.«

Dann erzählte er Schritt für Schritt sein eigenes Leben, ohne allerdings den Aufstand der Geigen zu erwähnen. Fünfundvierzig Minuten später fiel endlich der Name Brocca, über den es wenig zu sagen gab. Am Ende fügte er, den Blick auf eine gewisse Frau in der dritten Reihe gerichtet, noch hinzu: »Ich kann nicht vergessen, dass ich mich bei dieser Arbeit auf die unschätzbare Hilfe von Esteban Miró stützte, dessen Name aufgrund eines unentschuldbaren typografischen Fehlers nur bei den Danksagungen auftaucht.« Die Frau in der dritten Reihe applaudierte, als mein Name genannt wurde. Da der Applaus eine mechanische und irrationale Handlung ist, fielen andere ein.

Eine Schauspielerin bestieg das Podium, um die Erzählung vorzulesen. Ich ging zur Tür, um nach Granados Ausschau zu halten. Vielleicht behielt sie sich ihr Erscheinen bis zum Schluss vor. In den Tragödien können Nebendarsteller jederzeit auftreten, Belanglosigkeiten sich immer ereignen; die Helden aber und die Katastrophen sind die Herren des letzten Aktes.

Novario kam zu mir und fragte mich nach Neuigkeiten.

»Sie kneift, wie Sie«, sagte ich.

»Schade. Sehen Sie doch nur, wie sicher Conde sich fühlt. Dieses Mal hat er uns fertig gemacht.«

Conde sprach über seine nächste Arbeit: die Veröffentlichung des ersten Bandes seiner Biografie von Brocca. Der Arbeitstitel: *Von der Kindheit zum Sanatorium Spinoza.*

»Das hat er sich für den Schluss aufgehoben. Er hat uns in die Irre geführt, er hat uns falsche Fährten verfolgen lassen«, grübelte Novario, mein Mitleid suchend.

»Jetzt ist er im Besitz der Wahrheit, und wir sitzen ohne Ankündigung auf der Reservebank.«

Die Veranstaltung war zu Ende, und ich hörte den Applaus. Als das Publikum hinauszuströmen begann, traf ich auf Gaspar Trejo.

»Warum haben Sie mich eingeladen?«, fragte er gähnend.

Ich zuckte mit den Schultern.

»Die Primadonna hat uns im Stich gelassen.«

»Die Verantwortlichen haben mich gebeten, die Untersuchungen einzustellen. Conde hat seinen Einfluss geltend gemacht, um den Fall zu den Akten zu legen.«

»Haben Sie das akzeptiert?«

»Ich habe um eine weitere Woche gebeten. Entweder habe ich bis Freitag etwas für sie, oder sie schicken mich an die naturwissenschaftliche Fakultät, um die Schändung eines einbalsamierten Esels zu untersuchen.«

Verärgert fixierte Novario Trejo.

»Haben Sie nicht gesagt, Sie sind Architekt?«

»Ich lebe davon, alles Mögliche zu sagen. Das ist mein Job.«

Trejo schob sich ein Hustenbonbon in den Mund.

Novario wagte die Hypothese, Conde könnte Granados bestochen haben. Müde verteidigte ich die Integrität der Professorin. Trejo und Novario wollten weiterdiskutieren, aber meine Mutter war ungeduldig: Ich hatte sie zu Tee und Kuchen in die Konditorei ›Ideal‹ eingeladen.

Zwei Stunden lang hörte ich mir ihre Lästereien über fast alle Zuhörer der ersten Reihen an. Auch alten Klatsch über Conde gab sie zum Besten. Ich nutzte die Gelegenheit, um sie zu fragen, ob Condes Bruder wirklich im Sanatorium Spinoza gearbeitet hatte. Sie bejahte, lenkte das Gespräch dann aber auf die verstorbene Frau Condes, eine vulgäre Person, die er vermutlich in einem Kabarett im Bajo aufgefischt hatte. Als ich meine Mutter in ein Taxi gesetzt hatte, atmete ich erleichtert auf.

An diesem Abend sah ich bis tief in die Nacht fern. Am Samstagmorgen wurde ich vom Telefon geweckt. »Das Erste, was ich mir von meinem nächsten Gehalt anschaffe, ist ein Anrufbeantworter«, dachte ich.

»Ich bins, Trejo«, hörte ich eine vom Rauschen fast völlig überdeckte Stimme sagen. »Ich stehe in einer öffentlichen Telefonzelle, gegenüber der Fakultät. Unsere Angelegenheit ist gerade etwas komplizierter geworden. Selva Granados ist tot.«

Zweiter Teil:
Fiktion

Der Fahrstuhl

In der Fakultät gab es drei Fahrstühle. Der hinterste war schon seit Jahren nicht mehr in Gebrauch. Vor der Außerbetriebnahme hatten einige mechanische und elektrische Störungen für ein gewisses Fehlverhalten gesorgt. Oft genug blieb er zwischen zwei Stockwerken stecken, und die Passagiere mussten notgedrungen lauthals um Hilfe rufen. (Es gab einen Notrufknopf, aber niemand reagiert auf solche Signale.) Nachdem man vielerlei Erfahrungen mit klaustrophobischen Symptomen gesammelt hatte, wurde der Fahrstuhl stillgelegt. Seine letzte Reise machte er gewissermaßen zur Endhaltestelle in den Keller. Dort steckt er noch immer, mitten im Dreck.

Jahrelang wurde er mit Zigarettenstummeln, Bonbonpapier und Brötchentüten zugeschüttet. Nichts störte seine Ruhe, mit Ausnahme des letzten, fehlgeschlagenen Reparaturversuches und des Aufpralls eines Körpers auf sein Kabinendach. Das geschah, wie wir später herausfanden, an einem eisig kalten Mittwochnachmittag. Das Gebäude war vollkommen menschenleer, infolge eines Streiks, dessen Ausläufer spät dort ankamen, sich dann aber ins schier Unendliche ziehen sollten. Niemand hörte Selva Granados' Schrei beim Sturz aus dem dritten Stock und auch nicht den Aufprall ihres Körpers.

Am Freitag kam nach der Präsentation der *Substitutionen* eine alte Freundin Condes, die den Professor beim Hinausgehen in dem Durcheinander verfehlt hatte, auf der Suche nach dem Institut für Nationale Literatur hoch in den dritten Stock. Sie konnte das Institut allerdings nicht finden, weil Conde das bronzene Schild zum Aufpolieren weggegeben hatte und sie so an der richtigen Tür vorbeilief. Wie auch immer, der Professor war ohnehin nicht im Institut. Die Frau rief den Aufzug, ohne zu ahnen, dass er seit Jahren nicht mehr funktionierte. Als sie sich in den Schacht beugte, sah sie den auf einem Bett aus Papier und leeren Dosen ausgestreckten Körper.

Die Frau erschrak weniger über die Leiche als über die plötzliche Einsicht in den wahren Zustand des Gebäudes. Im Erdgeschoss traf sie einen Wachmann, der ihr die Geschichte nicht glaubte. Weil sie aber darauf beharrte, warf er selbst einen Blick in den Schacht. Zu diesem Zeitpunkt war niemand mehr in der Aula, und Conde saß zusammen mit einem ausgewählten Grüppchen auf ein Glas in einer nahe gelegenen Bar. Um zu verhindern, dass ihm jene, die ihm verzichtbar erschienen (ich zum Beispiel), folgten (was nicht meine Absicht war), hatte Conde angekündigt, er würde direkt nach Hause gehen. Die Auserwählten waren heimlich von dem Treffen informiert worden.

Ich würde diesen Seiten gern die Aussage der Frau, die den Leichnam entdeckt hatte, und ebenso das forensische Gutachten und andere wesentliche Dokumente hinzufügen, aber ich bekam sie nie in die Hände. Ich erfuhr über Gaspar Trejo von ihnen, der sich mit seinem

Diplom und manchmal mit seinen Lügen Zugang zu den offiziellen Akten verschaffte.

»Ich segle nicht mehr durch elektronische Datennetze«, sagte er. »Ich segle auf einem Ozean aus rostigen Archiven, vergilbten Papieren, staubigen Büros. Und manchmal gehe ich dabei unter.«

Am Samstag ging Trejo ins Leichenschauhaus und las einen Ausschnitt des forensischen Gutachtens: »Der durch den Aufprall verursachte Schädelbruch führte zum sofortigen Tod des Opfers.« Die Polizei bat er um eine Aufstellung der Sachen, die sie bei der Toten gefunden hatte. Man gab ihm ein Formular, auf dem stand: »Zwanzig Exemplare einer Neuauflage von *Verlorene Schriften* (der Obertitel lautete: ›Es kommt die Stunde der Wahrheit‹), eine grüne Aktentasche aus Krokodillederimitat, eine fast leere Brieftasche, Schminkutensilien, eine CS-Gas-Dose, ein paar kleine Batterien und einige handgeschriebene Texte.« Obwohl Trejo ausdrücklich nach einer Kassette fragte, versicherte man ihm, mehr habe die Frau bei ihrem Sturz nicht bei sich gehabt.

Letztes Gedicht

Am Sonntagabend ging ich zur Totenwache für Selva Granados. Mich beschlich eine unbestimmte Traurigkeit. Ich forschte in meinem Gedächtnis nach irgendeiner angenehmen Erinnerung an die Tote und wählte den Moment, als sie mir ihren Gedichtband schenkte. Es waren nur wenige Personen in dem Raum, die meisten angereiste Verwandte aus dem Landesinnern. Kaum war ich dort, fragte ich mich, was mich eigentlich hergeführt hatte. Ich war schon im Begriff zu gehen, als ein Mann mit Schnauzbart mich aufhielt und fragte, wer ich sei. Ich gab ihm eine kurze Erklärung und versuchte, entgegen meiner Überzeugung, das Bild der Professorin ein wenig zu beschönigen.

»Ich bin Selvas Bruder«, sagte der Mann. »Wir haben uns seit drei Jahren nicht gesehen, aber die gegenseitige Zuneigung ist nie erloschen. Ab und zu hat sie mir einen Brief geschrieben.«

»Und was hat sie Ihnen erzählt?«

»Sie sprach von ihren Feinden.«

»Hat sie Namen genannt?«

»Sie erwähnte einen Conde. Ich habe den Grund dieser Feindschaft nie wirklich verstanden. Ich denke, Selva wurde politisch verfolgt. Die Polizei will uns jetzt weismachen, sie hätte sich umgebracht. Sie sagen, sie haben einen Abschiedsbrief bei ihr gefunden.«

»Und was denken Sie?«

»Sie war zu allem fähig. Wenn man mir erzählt, sie hat jemanden umgebracht, glaube ich das. Wenn man mir erzählt, sie hat bei einem ihrer Anfälle eine Bombe gezündet, glaube ich das auch, denn sie war schon immer eine sehr leidenschaftliche Frau. Aber Selbstmord – niemals. Und schon gar nicht allein. Wenn, dann hätte sie mit Sicherheit jemanden mit sich genommen.«

Ich wollte gerade gehen, als Trejo kam. Wir waren beide überrascht, uns an diesem Ort zu begegnen. Anstatt sich aber möglichst unbemerkt unter die Leute zu mischen, könnte man sagen, dass er sich, nehmen wir den Sarg einmal aus, regelrecht zum Mittelpunkt des Treffens mauserte. Er unterhielt sich mit jedem der sieben Anwesenden, gestattete einer Frau, dass sie an seiner Schulter ein paar Tränen vergoss, und gab nach einer Weile vertrauensvoll einige alte Geschichten zum Besten. Als er mir einzuschlafen drohte, zog ich ihn zum Ausgang.

»Ich habe soeben ein neues Talent bei Ihnen entdeckt: Totenwachenunterhalter.«

»Ich habe gearbeitet. Ich wollte herauskriegen, ob einer der Angehörigen Granados in den letzten Tagen lebend gesehen hatte.«

»Wozu?«

»Wir müssen wissen, wer Selva Granados auf den Zahn gefühlt hat. Es ist wahrscheinlich, dass sie umgebracht wurde, um bestimmte Informationen nicht mehr zu verbreiten.«

»Sie glauben nicht an Selbstmord?«

»Wenn sie aus freien Stücken gesprungen wäre, hätte sie mit den Füßen aufkommen müssen. Sie schlug aber mit dem Kopf auf. Lassen Sie uns etwas Starkes trinken und vergessen, dass das Leben traurig ist.«

Es war spät, und wir brauchten lange, um in den Straßen des uns fremden Viertels ein offenes Café zu finden.

»Dienstag komme ich ins Institut. Ich möchte, dass Sie bis nach Dienstschluss bleiben und mir bei einer kleinen Ermittlung helfen. Es handelt sich um eine Aufgabe, für die man gute Augen braucht.«

Mich beruhigte der Gedanke, dass es sich vermutlich um die Lektüre eines bedeutsamen Dokumentes handelte.

»Denken Sie daran, Kleidung zum Wechseln mitzubringen: kaputte Jeans, ein ausrangiertes Hemd und Handschuhe, damit Sie sich nicht schmutzig machen.«

»Gehen wir in den vierten Stock?«

»Auch. Was mich aber mehr interessiert, ist der Fahrstuhlschacht.«

Ich protestierte und beharrte darauf, dass diese Arbeit allein die seine wäre und nicht die eines einfachen Angestellten am Institut für Nationale Literatur, der noch nicht einmal seine offiziellen Einstellungspapiere erhalten hatte.

»Ich spreche davon, Leben zu retten, zwei Morde aufzuklären, vom Kampf des Guten gegen das Böse, und Sie kommen mir damit, dass Sie Ihren Vertrag noch nicht haben? Ihre Freundin ist gestorben, ist Ihnen das etwa egal?«

»Sie war nicht meine Freundin, und natürlich ist es mir nicht egal.«

»Dann sind wir uns ja einig. Am Dienstag erleben wir Abenteuer.«

Trejo bestellte noch einen Gin, und ich tat es ihm nach. Weil die Nacht kalt war und weil mich jedes Mal, wenn ich mir den Fahrstuhlschacht und den in der Tiefe ausgestreckten Körper vorstellte, eine noch unangenehmere Kälte beschlich. Trejo wühlte in den Hosentaschen und zog eine Fotokopie heraus.

»Der Untersuchungsrichter will den Fall unter dem Etikett Selbstmord schließen. Schuld daran ist dieser Brief. Erkennen Sie die Schrift?«

»Ja, das ist Granados' Schrift.«

»Das wird morgen ein Sachverständiger auch bestätigen. So kann es kommen, dass eine Notiz über den Selbstmord plötzlich zum stichhaltigen Beweis wird.«

Ich las den Text. Trejo wunderte sich über mein bitteres Lachen.

»Das ist keine Notiz über den Selbstmord. Das ist ein Gedicht. Haben Sie schon mal vom Depressionismus gehört?«

Das letzte Gedicht von Selva Granados unterschied sich kaum von ihrem sonstigen Werk, das ich ja schon aus dem Band *Ertrunken in der Wasseruhr* kannte.

Kein Aufzug wird kommen, darauf will ich wetten,
um mich aus diesem dunklen Gemäuer zu retten.
Kein flotter Fahrstuhlführer wird vor dem Schaltbrett stehen,
mit schmucker Uniform in eine Zeitung sehen.
Meinen Wunsch wird niemand mit der Bemerkung schmücken:
»Bis zu den Wolken fahre ich, die Sinne verzücken.«
Der Fahrstuhl, der mich reißen könnte aus dieser Welt,
ist kaputt, im eigenen Schacht bloß abgestellt.
Wenn ich springe, will ich hoch in die Lüfte fliegen,
blöd nur, denn ich komme auf dem Boden zu liegen.

Ich erklärte Trejo, dass diese Abhandlung über den Selbstmord nichts weiter war als der letzte Versuch einer lyrischen Avantgarde, deren einzige Vertreterin womöglich Granados gewesen war. Zur Illustration rezitierte ich einige ihrer anderen Gedichte. Nachdem er hinreichend von Zyanid, Sprüngen ins Nichts und tödlichen Stromschlägen gehört hatte, unterbrach er mich.

»Es wäre schon ein merkwürdiger Zufall, wenn Granados im Moment des Verbrechens gerade dieses Gedicht bei sich gehabt hätte. Der Mörder muss es bewusst ausgewählt haben.«

»Granados trug ihre Gedichte immer bei sich. Sie war der Meinung, der richtige Moment zum Schreiben oder Korrigieren könne jederzeit kommen.«

Trejo sinnierte eine Weile über seinem leeren Glas. Ich

machte dem Kellner ein Zeichen, uns nachzufüllen. Schweigend trank Trejo das nächste Glas aus. An der Bar saß ein Mann, der lauter Nachnamen aneinander reihte. Vielleicht stellte er eine fiktive Fußballmannschaft zusammen, oder er erinnerte sich an eine alte Aufstellung. Er kommentierte das nicht weiter, er zählte nur die Namen auf, für niemanden. Mir fielen die Augen zu.

»In den letzten Tagen war das Gebäude völlig verlassen«, wisperte Trejo in seinem typisch verschwörerischen Tonfall. »Vielleicht hat der Mörder Granados unter einem Vorwand zu sich bestellt, nahm ihr weg, was sie bei sich trug, und hat sie dann in den Schacht gestoßen. Da er die poetischen Vorlieben seines Opfers kannte, suchte er in seinen Manuskripten nach einem Gedicht, das als Abschiedsbrief verstanden werden konnte, und den Rest hat er weggeworfen. In den nächsten Tagen werden wir bei den beiden Verdächtigen ermitteln: Conde und Novario. Wenn Sie wetten müssten, auf wen würden Sie tippen?«

»Auf Conde«, sagte ich. Von jemandem, der mit meiner Mutter befreundet sein konnte, musste man das Schlimmste erwarten.

Wir gingen ein paar Blocks zu Fuß, um nach dem doppelten Gin wieder munter zu werden. Ohne es verabredet zu haben, kamen wir an dem Haus der Totenwache vorbei. »Wir hätten einen anderen Weg nehmen sollen«, protestierte ich. In diesem Moment brachte ein in Schwarz gekleideter Mann einen Kranz. Ich wollte nur noch davonlaufen und die ganze Trübsal dieser Sonntagnacht vergessen.

Trejo, der mir gerade noch etwas erzählt hatte, unterbrach sich plötzlich und stürzte auf den Kranz zu. Vor

Schreck ließ der Mann in Schwarz ihn fallen. Ich verstand Trejos Anwandlung nicht, bis ich den goldenen Schriftzug auf dem violetten Band las: *Ihr Freund Homero Brocca.*

Der Abstieg

Am Dienstag um acht Uhr abends, als die meisten Studenten bereits gegangen waren, traf ich den Detektiv der Universität wieder. Seinen Schnupfen schien er auskuriert zu haben. Er erzählte mir, dass er schon seit zwei Tagen keine Beschwerden mehr hatte und dass ihn dieser Umstand beunruhigte. Er sei nämlich immer erkältet und betrachte den Schnupfen als ein Zeichen guter Gesundheit. Wie zwei Alte redeten wir über Krankheiten, während wir darauf warteten, dass das Gebäude sich leerte.

»Was machen wir mit dem Nachtwächter?«

»Keine Sorge. Wenn er uns erwischt, zeige ich ihm meine Papiere.«

Als sich völlige Stille über die Flure und Räume gelegt hatte, verließen wir unser Versteck. Ich schlüpfte in den abgewetzten Overall meines Vaters, den er immer anhatte, wenn es etwas an seinem Ford Fairlane zu reparieren gab. Außerdem trug ich alte Tennisschuhe und Arbeitshandschuhe. Wir schlichen über die schummrigen Flure und stiegen die Treppe bis zum Erdgeschoss hinunter. Trejo steckte seine Hand durch das Metallgitter, um abschätzen zu können, wo sich der Riegel zur Tür befand. Voller Respekt beugte ich mich über den schwarzen Schlund. Obwohl es bis zum Dach des Fahrstuhls kaum mehr als zwei Meter waren, kamen sie mir wie ein Abgrund vor.

»Schön leicht für Sie. Sie spielen den Detektiv, aber Doktor Watson wird in die Grube geschickt.«

»Glauben Sie mir, Miró, ich leide unter der Vorstellung, Sie da runter in den Dreck und zu den Kakerlaken zu schicken. Mehr als Sie ahnen. Aber ich bin klaustrophobisch, nicht zu vergessen meine krankhafte Angst vor Ungeziefer.«

Ich sprang und landete mit beiden Füßen auf dem Fahrstuhldach. Einen Sekundenbruchteil schoss mir durch den Kopf, dass Trejo der Mörder war. Er hatte den Hausmeister und Granados umgebracht und bereitete nun seine nächste Exekution vor.

»Und jetzt?« Ich versuchte das Zittern in meiner Stimme zu unterdrücken.

»Sammeln Sie alles auf, was Ihnen irgendwie verdächtig vorkommt. Denken Sie gar nicht weiter darüber nach, das machen wir später.«

Ich hatte einen Nylonbeutel und eine Taschenlampe dabei. Der Schacht hatte über Jahre nur als Müllschlucker gedient: Tauchte man die Hand in den Abfall, fand man Zigarettenmarken, die es heute gar nicht mehr gab, vergilbte, mit zerlaufener Tinte beschriebene Blätter, Fahrscheine für Busse und Bahnen, die längst nicht mehr fuhren. Das hier war Arbeit für einen Archäologen. Anhand der Abfälle hätte man das tägliche Leben der letzten fünfzehn Jahre in dem Gebäude rekonstruieren können.

»Sehen Sie etwas?«

»Müll und nichts als Müll.«

»Schauen Sie sich jeden Schnipsel gut an.«

Ich begann, einzelne Gegenstände in den Beutel zu

stecken. Ich erinnere mich an einen rostigen Schlüssel, einen Bleistifthalter, den ich noch immer aufbewahre, Formulare mit dem Briefkopf der Universität, lose, handbeschriebene Blätter, ein paar alte Bücher, ein Schreibheft. Ganz am Rand, fast schon zwischen Schacht und Fahrstuhlwand gerutscht, fand ich eine Kassette.

Müde, weiter durch den Dreck zu kriechen, rief ich Trejo zu, dass ich fertig sei. Der Beutel war voll.

Als ich wieder draußen war, fragte Trejo:

»Hören Sie die Schritte?«

Die Bodendielen zitterten unter dem nahenden Gang des Nachtwächters. Das ganze Gebäude schien seine Bewegungen aufzunehmen, als ob jeder leere Fleck, jeder entlegene Winkel mit dem Mann mit der Lampe vor der Stirn verbunden wäre.

»Gehen wir«, sagte Trejo alarmiert.

»Und meine Kleider?«

»Die holen Sie morgen.«

»Warum erklären Sie dem Nachtwächter nicht, wer Sie sind?«

»Ich will ihn nicht neugierig machen. Ich ziehe es vor, die Dinge auf meine Art zu erledigen, diskret.«

Er zog mich zum Ausgang. Draußen, mitten auf der Straße, fühlte ich mich lächerlich in meinem kaputten und schmutzigen Overall. Ich hatte lauter Spinnweben auf dem Kopf, und die Handschuhe waren fettbeschmiert. Ich sah aus wie ein des Nachts vom Weg abgekommener Kanalarbeiter.

Trejo hingegen, der besser angezogen war als sonst, genoss die Diskrepanz zwischen uns. Er hatte auf seinen Schottenschal verzichtet, und seine Jacke sah aus wie neu. Unter angespanntem Schweigen liefen wir eine Weile nebeneinander her. Trejo gab sich alle Mühe, die unangenehme Stille zu brechen.

»Hören Sie schon auf. Wir gehen jetzt ins Museum und sehen uns die neuen Stücke an.«

»Ganz bestimmt nicht. Zuerst gehen wir zu mir. Ich muss mich waschen und umziehen.«

Wir erreichten meine winzige Wohnung. Während ich duschte und mir frische Kleidung anzog, leerte Trejo den Inhalt des schwarzen Beutels auf dem Tisch aus. Die Liste mit den Fundstücken schrieb er in ein kleines, rotes Heft, wobei er jedem Gegenstand eine Beschreibung hinzufügte.

Ich fragte ihn, ob ihm das bei seiner Untersuchung weiterhalf.

»Nein, aber ich habe eine große Schwäche für Listen. Zu Hause liegen eine Menge voll gekritzelter Zettel. Daneben führe ich seit Jahren ein zweihundert Seiten dickes Buch, in das ich alles hineinschreibe, was mir gefällt. Ich habe schon Tausende von Notizen. Sei es zu einem Film, dem Gesicht einer Frau, die mir flüchtig in der U-Bahn begegnete, oder einfach ein Satz, den ich im Vorbeigehen aufgeschnappt habe. Wenn ich zum Dichter geboren wäre, würden mir einige wenige Verse genügen, um das auszudrücken, was mir gefällt. Aber ich bin im Gegenteil zum Festhalten all dessen verdammt, worüber ich zufällig stolpere. Flüchtige Dinge, Vergängliches.«

Wir sahen uns zunächst die Papiere an. Darunter waren einige schon Jahre alte Formulare, der Liebesbrief eines Studenten an eine Griechischprofessorin (nicht abgeschickt, der Stempel fehlte), Seminarmitschriften, die Kopie eines französischen Gedichts und noch ein paar andere Zettel, an die ich mich nicht mehr erinnere. Die anderen Gegenstände waren relativ wertlos. Mit Ausnahme der Kassette, einer TDK mit sechzig Minuten Spielzeit. Auf einer Seite stand: »Irene Stern«. Ich legte das Band in meinen alten Rekorder, und wir hörten die Stimme von Selva Granados, die die Geräuschkulisse einer Bar übertönte.

Trejo sah mich an, und ich fühlte, wie bewegt er war. Doch seine Gefühle waren rein intellektueller Natur, wie die eines Mathematikers, der plötzlich auf die Formel stößt, nach der er lange Jahre gesucht hatte. Mich hingegen schmerzte es eher, diese Frau zu hören. Der Tod, so fern er war, begann, ihre schlimmsten Eigenschaften abzumildern und ihr einen Hauch Sympathie anzudichten. Wer weiß, dachte ich bei mir, vielleicht ist es am Ende die Distanz und nicht die Nähe, die sicherer zur Wahrheit führt.

Die Aufnahme

Wir ließen das Band nur wenige Minuten laufen. Die Unterhaltung war kurz, und danach folgten nur noch Bruchstücke einer Konferenz über Brocca. Irene Stern hatte vor Jahren als Sekretärin am Institut für Nationale Literatur gearbeitet. Es war die Stelle, die ich heute hatte. Selva Granados' Ton unterschied sich in nichts von dem sowjetischer Funktionäre aus amerikanischen Spielfilmen während des Kalten Krieges.

S. G.: »Kommen wir zu Punkt eins zurück: Hat Conde die Bücher aus dem Institut gestohlen?«

I. S.: »Das habe ich nie behauptet.«

S. G.: »Ach nein? Haben Sie nicht gerade gesagt: ›Soweit ich weiß, hat kein Fremder das Institut betreten?‹«

I. S.: »Ja, das habe ich gesagt.«

S. G.: »Wenn kein Fremder Zugang hatte, muss Conde der Dieb sein. Oder hat sonst noch jemand mit Ihnen gearbeitet?«

I. S.: »Nein. Aber ich versuche Ihnen doch schon die ganze Zeit zu erklären, dass ich diese Bücher nie gesehen habe. Conde kam eines Tages schreiend in mein Büro, sie hätten ihm Broccas Arbeiten gestohlen, obwohl ich ohnehin sicher bin, dass sie nur in seiner Fantasie existierten.«

S. G.: »Und es ist ausgeschlossen, dass sie dort waren, aber Sie sie nie gesehen haben?«

I. S.: »Ja, ich habe ein ausgesprochen gutes Gedächtnis für Bücher. Ich habe keinen Zweifel: Diese Bücher sind nie dort gewesen.«

»Woran mag Conde damals gearbeitet haben?«, fragte ich, obwohl ich die Antwort schon kannte. »Für welche Bücher konnte er Fördermittel beantragen, Konferenzen organisieren, Aufsätze veröffentlichen und zu Kongressen ins Ausland reisen?«

»An nichts hat er gearbeitet«, entgegnete Trejo. »Über gar nichts hat er geschrieben. Das hat er sich alles ausgedacht. Und Selva Granados hat er umgebracht, damit niemand mehr von diesem Betrug erfahren konnte.«

Am nächsten Tag machte Trejo zwei Kopien der Aufnahme, zur Sicherheit. Das Original verwahrte er auf einer Konsole in seinem Museum. Inzwischen war es nicht mehr ganz so leer: Die Zeitschrift *Verlorene Schriften,* ein Aufsatz von Conde, eine Fassung der *Substitutionen,* der Buchdeckel der veröffentlichten Erzählung, ein Buddelschiff, eine Kopie des Gedichtes *Der Fahr-*

stuhl. Traurig sah ich mir die Gegenstände an, die alle nur vom Tod erzählten. Es war Mittwoch: Grog erwartete mich in der neuen Bar, in der wir uns nun trafen – und die ich »Konditorei zur Angst« getauft hatte –, sodass ich die Unterredung mit dem mobilen Lehrstuhl möglichst schnell beenden wollte.

»Dann wissen wir also, dass Conde Granados umgebracht hat. Und wie geht es weiter?«

»Uns reicht die Kassette als einziges Beweismittel nicht. Wir müssen ihn zum Handeln bringen und ihn aus der Deckung locken. Novario kann uns helfen. Vor allem aber müssen wir Irene Stern finden. Wenn Granados das geschafft hat, schaffen wir das auch.«

Trejo hätte die ganze Nacht über den Fall weitergeredet, aber ich wollte der düsteren Atmosphäre der Fakultät entkommen. Das Gebäude verfolgte mich. Wohin ich auch ging, streckten sich die verlassenen Flure und die dunklen Räume der Fakultät nach mir aus. In jedem Winkel dieser Stadt konnte ich auf einen Stapel Papier stoßen, der mir etwas bedeuten wollte. Das Labyrinth der vierten Etage war mir selbst bis hierher gefolgt.

Grog war bester Dinge. Vielleicht versuchte ich deswegen, mehr über sein Leben zu erfahren, nachdem ich ihm erst von den letzten Ereignissen und der Identität des Täters berichtet hatte. Doch seine Antworten blieben vage. Er erwähnte eine Tänzerin, einen alten Schriftsteller, der seit Jahren sein Haus nicht mehr verließ und sein Lehrer gewesen war. Er zählte die Kapitel eines Buches auf, an dem er gelegentlich schrieb. Einen Roman von fünfhundert Seiten, der von den realen Begebenheiten seines Lebens im Stil der Science-Fiction erzählen sollte … Grog brachte einem die Dinge nicht näher, indem er sie erwähnte. Er führte sie von einem weg. Er sagte ein Wort, und ich spürte seinen stechenden, undurchdringlichen Blick. Ich erzählte ihm alles. Alles, was mir passierte, alles, was mir durch den Kopf ging. Und indem ich es tat, verlor das Gesagte seine Lebendigkeit. Es war, als würde man einen Schatz vergeuden, einen Schatz, den man jedem unter die Nase hielt, bis er schließlich seine Einzigartigkeit verloren hatte. Grogs Wortkargheit hingegen erlaubte ihm, jede beiläufige Bemerkung wie das sanfte Leuchten eines komplexen, im Schatten verborgen liegenden Lebens aussehen zu lassen.

An jenem Abend in der ›Konditorei zur Angst‹ hörte sich Grog vor einem zweiten Glas Schwarzbier jedes meiner Worte an und sagte dann:

»Du musst noch mal ins Sanatorium Spinoza.«

Ich bat ihn, mich zu begleiten. Er entschuldigte sich, sagte, er sei kein Mann der Tat, seine Stärke seien die Ratschläge. Jenseits der Worte verliere er sich.

Ich glaube, er hat meinem Gesicht die unterdrückte Enttäuschung angesehen, denn es folgte etwas Unerwartetes:

»Ich recherchiere auf eigene Faust.«

»Sie werden dich nicht reinlassen.«

»Ich bin häufig im Sanatorium Spinoza … Ich werde dort jemanden besuchen«, fügte er geheimnistuerisch hinzu.

Den ganzen Abend bekam ich kein Wort mehr dazu aus ihm heraus.

Ich wurde im Personalbüro vorstellig, um mich nach meiner alten Kollegin Irene Stern zu erkundigen. Man gab mir eine Adresse und eine Telefonnummer. Ich rief sie vom Institut aus an. »Nein, hier spricht ihre Mutter«, hörte ich. »Irene ist mit einem Stipendium in Mailand. Wer ist denn da?«

»Ein alter Bekannter«, sagte ich und beglückwünschte sie zu dem Stipendium. Doch die Mutter war gar nicht so begeistert. Sie hätte es lieber gesehen, gestand sie mir, wenn ihre Tochter zu Hause geblieben wäre und sich nach einem Mann umgesehen hätte. Sie sei schon fünfunddreißig, und da war keine Zeit mehr zu verlieren.

»Sind Sie allein stehend?«

»Verheiratet und fünf Kinder«, log ich.

Falsche Antwort. Der freundliche Tonfall der Frau wurde deutlich kühler.

»Was wollen Sie von ihr?«

»Sie zu einem Abendessen einladen, das Doktor Conde für seine ehemaligen Mitarbeiter geben will. Wissen Sie, ob sich schon jemand von der Fakultät bei ihr gemeldet hat?«

»Ein Mann wollte sie dringend sprechen. Er hat weder Namen noch Telefonnummer hinterlassen. Ich habe ihm erzählt, dass Irene erst nächstes Jahr zurückkommt. Möchten Sie, dass ich ihr etwas ausrichte? Sie ruft jeden Freitag an.«

Ich gab ihr einen falschen Namen und versprach, mich wieder zu melden. Wenigstens Irene Stern, die zweite Person, die Conde beschuldigen konnte, die Existenz der Bücher Broccas nur erfunden zu haben, war in Sicherheit.

Den Doktor sah ich erst zwei Tage später wieder. Kaum war er im Institut und noch bevor er überhaupt gegrüßt hatte, öffnete er seine Aktentasche, um ein Exemplar der

Substitutionen herauszuholen. Voller Verachtung warf er es auf den Tisch.

»Sie sind ein Verräter, und trotzdem wollte ich, dass Sie eins haben. Möge es der Spiegel Ihrer Undankbarkeit sein.«

Ich sah auf das schmale Buch, das Ergebnis meiner wochenlangen Arbeit, geschmückt mit seinem Namen.

»Wenigstens dieses Buch ist echt.«

»Was wollen Sie damit sagen?«

»Die anderen beiden ... *Der Schrei* und *Die Falle* hat es nie gegeben.«

»Ach nein? Was wissen Sie?«

»Selva Granados hat alles herausgefunden.« Ich beschloss, ihn auf ein Thema zu bringen, das mich schon lange brennend interessierte. »Sie wusste, dass diese Bücher eine Erfindung waren, denn sie hat etwas bekommen, was Ihnen verwehrt geblieben ist: den persönlichen Kontakt zu Brocca.«

Zum allerersten Mal hörte ich Conde lachen.

»Ihnen hat sie diese Geschichte also auch erzählt? Die unvergessliche Liebesnacht, der Champagner, der Spaziergang im Mondschein ... Selva Granados war meine Schülerin. Ich mochte sie nicht besonders, denn sie störte ständig und unterbrach mich alle fünf Minuten wegen irgendeiner Dummheit. Als ich anfing, über Brocca zu arbeiten, beschloss ich, ihn in das Seminarprogramm aufzunehmen. In Übereinstimmung mit den bis dahin erforschten Daten skizzierte ich vage sein Leben und eine seiner Erzählungen. Es war das einzige Seminar, in dem Granados den Mund hielt. Nachdem ich das Thema abgeschlossen hatte, kam sie auf mich zu, um mir zu sagen, dass alle Angaben mit denen eines Mannes übereinstimmten, den sie vor langer Zeit einmal kennen gelernt und in den sie sich verliebt hatte, obwohl sie nur eine Nacht mit ihm verbringen konnte.«

»Und warum sollte das falsch sein?«

»Weil ich mir zusätzlich zu den vorhandenen biografischen Daten einige andere ausgedacht hatte, um die Spuren Broccas zu verwischen. Granados hat sich an diese falschen Erinnerungen geklammert und bettelte fortan, ich solle sie an meiner Untersuchung mitarbeiten lassen. Bin ich verrückt, so eine Nervensäge zu mir zu holen? Außerdem glaube ich noch immer, dass das wissenschaftliche Arbeiten Rückzug und Isolation verlangt. Als ich sie abwies, schwor sie, sich an mir zu rächen. Den Rest der Geschichte kennen Sie.«

Ich bedauerte, dass Conde mir die Wahrheit gesagt haben könnte. Mir gefiel der Gedanke an die Romanze zwischen Brocca und Granados.

»Bin ich jetzt entlassen?«, fragte ich in dem Bewusstsein, dass unsere Beziehung nicht gerade ihren besten Moment durchlebte.

»Ich werde Sie noch eine Weile hier behalten. Ihrer Mutter werde ich die Gründe Ihres Gehens erklären müssen. Sie wird mir Recht geben und mich sogar fragen, warum ich das nicht früher gemacht habe. Ihrer Mutter bedeutet Gerechtigkeit alles.«

»Frau Professor Estela Korales de Miró verzeiht ihren Verbündeten viel, aber ich weiß nicht, ob es auch für Mord reicht. Sie waren der einzige Feind, den Selva Granados hatte.«

»Der einzige? Sie hat sich mit den Studenten angelegt, mit Kollegen, Autoritäten. Seit fünf Jahren war sie weitestgehend damit beschäftigt, Verschwörungen hinterherzujagen. Der letzte Dekan hatte eine ganze Schublade seines Schreibtisches für die Briefe reserviert, die Granados ihm geschrieben hat. Wenn er Besuch hatte, holte er sie ab und zu raus, und man amüsierte sich kurz darüber. Es gibt mindestens zwanzig Personen, die einen Grund gehabt hätten, sie zu töten. Man kann sich die Mühe sparen, ihnen nachzugehen, weil bewiesen ist, dass Granados sich in ihrem letzten luziden Moment das Leben genommen hat.«

»Trejo wird beweisen, dass Sie es waren.«

»Er hat den Verantwortlichen ein Band vorgespielt, damit sie ihn in seinen Ermittlungen fortfahren ließen. Aber dieser Schachzug wird ihn nicht retten. Noch eine Woche und dann auf Wiedersehen, Trejo.«

»Broccas Bücher sind nach wie vor verschwunden, und das Märchen vom Diebstahl glaubt Ihnen niemand mehr.«

»Und wenn sie wieder auftauchen? Und wenn ich Ihnen sage, dass ich kurz davor bin, sie zurückzubekommen? Vielleicht sogar plus bislang unveröffentlichten Materials. Bis zum Jahresende wird der erste Band der Biografie allen Zweifeln Hohn sprechen und die Schwindler entlarven. Niemals wird die Arbeit eines Literaturwissenschaftlers so wichtig gewesen sein. Man wird aufhören, ihn als Zweitgeborenen oder Bastard zu sehen, und ihn endlich als einen Vater anerkennen.«

Er zog einen Füllhalter mit Goldfeder, schlug die erste Seite des Buches auf, schrieb eine Widmung hinein und malte dreißig Kreise.

Meinem Schüler Miró
widme ich dieses Buch
und dreißig Münzen.
Dr. Conde

»Jeden Schritt Trejos habe ich beobachtet.« Er reichte mir das Buch. »Ich habe eine Menge Informanten aus meiner Zeit beim Ministerium. Alte Freunde, denen Treue heilig ist. Nicht so wie Sie. Man hat Sie wie Verschwörer zusammen mit Trejo beobachtet. Ich werde bei den Verantwortlichen der Fakultät einen Bericht über Trejo einreichen.«

Noch bevor er sich hinter der Tür zur Krypta verlor, fragte ich:

»Haben Sie den Kranz geschickt?«

»Welchen Kranz?«, entgegnete er ungehalten.

Als ich es ihm erklärte, huschte der Schatten eines Zweifels über sein Gesicht. Er verharrte einen Moment und versuchte, seine Verblüffung zu überspielen.

»Ich war es nicht. In diese Hexe hätte ich keinen Peso investiert, auch nicht zum Spaß.«

Die Tür zur Krypta schlug zu. Ich überlegte, ob auf der anderen Seite wohl ein Mörder stand. Die Tür war der Deckel zu einem Buch, das ich nicht öffnen konnte und dessen Geschichte mir vollkommen verschlossen blieb.

Die Enttäuschung

Ich spazierte durch das Zentrum, als ich von weitem Grog sah. Ich beschleunigte meinen Schritt. Ich wollte wissen, ob er herausbekommen hatte, was er mir versprochen hatte: was Conde im Sanatorium Spinoza zu tun hatte. Bevor ich ihn auf den verschlungenen Fluren eines Bürogebäudes verlieren konnte, nahm ich irritiert seinen dunklen Anzug und seinen Aktenkoffer wahr.

Ohne darüber nachzudenken, folgte ich ihm, doch es war schon nicht mehr die Wahrheit über Conde, der ich nachging, sondern die über Grog. Er bestieg einen Fahrstuhl, und bevor sich die Türen schlossen, sah ich auf die Uhr. Ich folgte auf der Leuchttafel der Fahrt des Aufzugs. Grog stieg im siebten Stock aus. Ich nahm einen anderen Aufzug und fuhr unserer Begegnung entgegen.

Auf der düsteren Etage gab es vier Türen, hinter denen sich eine Anwaltskanzlei, ein Computerunternehmen, ein Reisebüro und ein Steuerbüro verbargen. Ich klopfte an jede Tür und rief Grogs Namen. Bei dem Computerunternehmen wurde ich gefragt, ob ich einen Termin mit Doktor Grogenstein hätte.

Ich sagte der Empfangsdame, dass ich ein alter Freund sei und ihn während seiner Arbeit nicht stören wolle.

»Er geht um fünf«, sagte sie.

»Sagen Sie ihm nicht, dass ich hier war. Es soll eine Überraschung werden.«

So kam ich dahinter, dass Grog, der Bohemien, ganz normal arbeitete. Sein Leben als Nachtschwärmer, wie er niedergeschmettert an den Bartischen saß – war das alles Fiktion? War er wirklich in einen sicheren Arbeitsalltag integriert und wartete auf sein Gehalt am Monatsende? Stand er um sieben Uhr morgens auf, las die Zeitung und wartete geduldig auf den Aufzug?

Um Viertel vor vier setzte ich mich in ein Café und wartete. Ich sah ihn mit einem anderen Angestellten plaudernd das Gebäude verlassen. Vielleicht kommentierten sie das letzte Fußballspiel, die wirtschaftliche Entwicklung, oder sie lachten über irgendeine Anekdote aus dem Büro. Ich betete, dass es sich bei ihm um einen

Zwilling handelte, von dem bislang niemand etwas gewusst hatte. Ich hoffte, seine Schritte würden mich zu seinem wahren Hafen führen.

Er nahm den Bus. Ich stieg ebenfalls ein, ohne mir auch nur die Linie zu merken. Der Bus war voll, und Grog bahnte sich seinen Weg nach hinten, was mir erlaubte, mich in der Menge zu verstecken. Er schlug die Zeitung auf und widmete sich einem Kreuzworträtsel. Ich fürchtete schon, der Bus könnte sich leeren und ich dadurch meine Tarnung verlieren, als er überraschend in einem der südlichen Viertel ausstieg und ich mich hastig zum Ausgang drängeln musste, um ihn nicht entwischen zu lassen. Einige Frauen schimpften, und der Busfahrer beschwerte sich, dass ich die vordere Tür benutzt hatte. Nichts davon interessierte mich.

Ich folgte Grog in angemessenem Abstand ein paar Häuserblocks. Er pfiff einen der aktuellen Hits vor sich hin. Vor einem einstöckigen Haus, dessen Fassade frisch gestrichen war, blieb er stehen. In seinen Taschen suchte er nach dem Schlüssel, und als er ihn nicht fand, klingelte er. Eine junge, recht hübsche und unübersehbar schwangere Frau öffnete ihm die Tür. Kurz darauf steckte auch ein etwa fünfjähriges Kind den Kopf aus der Tür und umarmte Grogs Beine.

Ich kann das Unbehagen kaum beschreiben, das ich angesichts dieser Szene häuslichen Glücks verspürte. Die Tür schloss sich und überließ Grog seiner tiefen Schmach. Mich meiner tiefen Enttäuschung.

Der zwielichtige Guru, der uns jahrelang von den Torturen der Ehe, der Arbeit, der Familie und des bürgerlichen Lebens gepredigt hatte, entpuppte sich als Verräter. Ich begriff, warum er uns nie eine andere Telefonnummer als die eines externen Anrufbeantworters und auch keine Adresse gegeben hatte. Er hatte durchblicken lassen, dass er von Hotel zu Hotel zog, aus denen er nach kurzer Zeit aber regelmäßig hinausgeworfen wurde, weil er zu spät zahlte oder weil seine Smith Corona die Nachbarn weckte. War das der Mann, dem ich glauben sollte, dass er mir Informationen über Conde beschaffen konnte? Das war mein Geheimagent im Sanatorium Spinoza? Zum ersten Mal seit Jahren sagte ich das Mittwochstreffen mit einer absichtlich banalen Ausrede ab. Es nützte nichts. Auf meinem Anrufbeantworter fand ich eine Nachricht von Grog: »Ich muss dich dringend sehen, ja oder ja. Es gibt Neues über Conde.« Ich konnte mir nicht erlauben, dass mein Unmut die Ermittlungen beeinträchtigte. Ich rief ihn erneut an und versprach zu kommen.

Ich erinnerte mich noch gut an die Gruppe der desillusionierten, in ihrer Desillusionierung aber glücklichen Jugendlichen, die vor fast fünfzehn Jahren die Tische der Pizzeria ›Der Kaiman‹ bevölkerten. Ich erinnerte mich an schnelles Desertieren und langsames Verschwinden. Oft hatte sich das Ende angekündigt, aber solange Grog (Grog und seine ungeschriebenen Gebote, Grog und sein geheimes Leben) blieb, würde die Gruppe überleben. Jetzt war alles zu Ende. Der letzte Bohemien stand morgens früh auf und zahlte seine Steuern pünktlich. Wir Kaimane waren es nicht wert, im Gedächtnis von jemandem auch nur eine einzige Spur zu hinterlassen.

Ich kam müde und betrübt ins Institut. Novario wartete schon seit zwei Stunden auf mich. Er wirkte ausgezehrt, um das eine oder andere Kilo leichter. Seine Hand zitterte, als er sie mir reichte.

»Ich habe Sie bei der Totenwache von Selva Granados vermisst«, sagte ich. »Ich dachte schon, Sie wären wieder gen Süden abgereist.«

»Ich gestehe, dass es an der Lust nicht fehlt. Glauben Sie, die Polizei verdächtigt mich?«

»Der Untersuchungsrichter hat den Fall praktisch zu den Akten gelegt. Wer auch immer der Mörder ist, er kann ruhig schlafen. Im Bericht steht ›Selbstmord‹.«

Novario ließ sich auf einen Stuhl fallen.

»Wenn Sie die Möglichkeit hätten, an Broccas Papiere zu kommen – was würden Sie tun?«, fragte er.

»Ich würde es vermutlich versuchen. Obwohl ich nicht gerade von Brocca besessen bin.«

»Trotz der Gefahr?«

»Warum fragen Sie? Haben Sie einen Hinweis?«

»Ich verrate es Ihnen, aber kein Wort zu Conde. Irgendein Spaßvogel hat im Hotel eine Nachricht hinterlassen. Sie ist mit ›Homero Brocca‹ unterschrieben.«

»Und was stand drauf?«

»Dass ich aufpassen soll. Dass ich bald mehr erfahren werde.«

»Das wird ein Scherz von Conde sein.«

»Das habe ich auch gedacht. Aber warum sollte Conde mich in der Stadt behalten wollen? Ich bin ihm ein Dorn im Auge. Jetzt, wo die Granados tot ist, kann nur noch ich seine Lügengeschichten aufdecken. Ich habe schon Befürchtungen, dass er mich umbringen will.«

»Kann schon sein, dass er die Granados getötet hat. Aber er wird es nicht noch einmal tun. Ein zweiter Mord gäbe einen Skandal.«

»Ein dritter! Oder haben Sie den Hausmeister schon vergessen? Ich habe Ihnen erzählt, dass Conde damit gedroht hat, die Bücher wieder auftauchen zu lassen.«

»Vielleicht stimmt es. Haben Sie noch nie daran gedacht, dass die Bücher gar nicht von hier verschwunden sind, sondern dass sie hinter falschen Umschlägen versteckt waren? Jederzeit sichtbar, und wir haben es nicht bemerkt.«

Murmelnd überdachte Novario verschiedene Theorien. Kein Student war mehr im Institut. Zum ersten Mal, seit ich an der Fakultät arbeitete, kam mir die Welt draußen bedrohlich vor. Es würde nicht mehr viel Zeit vergehen, bis ich losgehen und mir eine andere Aufgabe suchen würde. Meine Karriere als Sekretär am Institut für Nationale Literatur ging zu Ende.

Das Syndrom von Marconi

Glückliche Menschen mieden die zwanzig Tische der ›Konditorei zur Angst‹. Nie sah man dort ein Mädchen lachen, nie ein Händchen haltendes Pärchen. Vielmehr traf man auf verlassene Frauen, Männer mit Selbstmordgedanken, Paare, die die letzten Schritte zu ihrer endgültigen Trennung debattierten, Freunde, die an tote Freunde dachten. Die Tische der ›Konditorei zur Angst‹ zogen die Traurigen dieser Welt an wie Fliegenfänger.

Ich erwartete einen beschämten Grog. Einen, dem sein sechster Sinn meine Entdeckung verraten hatte. Doch nichts dergleichen. Lustlos rauchte er seine Zigaretten, stolz auf die Information, die er besorgt hatte. Er glich dem Verräter, der glücklich und selbstsicher mit seiner Beute prahlt, während sein Vorgesetzter heimlich bereits seine Verurteilung unterschreibt.

»Dein Doktor Conde kommt einmal in der Woche in das Sanatorium Spinoza«, kam er zur Sache. »Er besucht einen Patienten im London-Pavillon. Ich habe noch nicht den Namen herausfinden können, aber ich weiß, dass es jemand ist, der jeden Tag schreibt. Conde ist im Sanatorium ziemlich angesehen. Immer mal wieder hält er vor den Patienten Reden.«

Ich dachte laut nach: Handelte es sich bei dem Patienten um Homero Brocca? Ich war bereits sicher, dass die Information, der Dichter sei durch ein Schiffsunglück ums Leben gekommen, falsch war. Vielleicht war Brocca seit zwanzig Jahren in der psychiatrischen Anstalt eingesperrt, und Conde hatte es herausbekommen. Brocca gehörte Conde, wie zuvor noch kein Schriftsteller einem Literaturwissenschaftler gehört hatte.

»Man müsste ihn mal besuchen«, sagte Grog.

Das Mysterium Brocca schien mir langsam bedeutungsloser als das Mysterium Grog. Ich fragte ihn, welchen Patienten er im Sanatorium Spinoza besuchte. Wie erwartet, fiel seine Antwort vage aus: ein alter Freund, begeisterter Schriftsteller, der sein ganzes Leben als Filmkritiker gearbeitet hatte. Kein Name, keine präzisen Angaben. Ich wusste, dass Grog (der Angestellte Grogenstein, der Familienvater Grogenstein, der promovierte Systemanalytiker Grogenstein) log. Verwirrt legte ich die Karten auf den Tisch:

»Immer hast du von einem Leben ohne Stechuhr und Fußketten geredet, und wir haben dir geglaubt. Jeder, der von dem von dir vorgezeichneten Weg abgekommen ist, leidet unter dem Druck, sich als Verräter zu fühlen.

Ich bin dir neulich gefolgt und habe von deinem wirklichen Leben erfahren. Der Tisch im ›Kaiman‹ war deine Bühne. Nicht nur, dass wir dir deine Lügen geglaubt haben, wir haben sie noch ausgeschmückt, jeder auf seine Weise, und auf Umwegen haben wir sie über die ganze Stadt verstreut.«

Grog sah mir ohne Scham direkt ins Gesicht. Ich bewunderte seine Kaltblütigkeit.

»Es gab mal einen Schüler, der sich danach sehnte, ein Meister zu werden …«, begann er.

»Nein, nicht noch eine Zengeschichte, ich …«, rief ich.

Grog ignorierte meine Unterbrechung. Noch blieb ihm ein Rest Autorität.

»Man erzählte dem Jüngling von einem großen Meister, der in der Nähe wohnte und ihn mit den Lehren vertraut machen könnte. Er ging zu ihm und hörte ihn von den Vorzügen der Pilgerschaft reden. Der Jüngling, den Worten seines Meisters hörig, machte sich auf die Wanderschaft und lief, so weit ihn die Beine trugen. Blieb er länger als drei Tage am selben Ort, glaubte er, die Lehre zu verraten. Einige Male verirrte er sich; in einer Nacht wäre er fast gestorben. Aber die Erinnerung an die Worte seines Meisters rettete ihn vor dem Untergang. Bis er eines Tages den Zeitpunkt für gekommen hielt, den Meister aufzusuchen und ihm zu zeigen, was er getan hatte mit seinem Leben. Er vermutete nicht, ihn in seinem alten Haus anzutreffen, jedoch, dass die Leute ihm wenigstens sagen konnten, wo er sich aufhielt. Der Meister selbst aber öffnete ihm die Tür. ›Welch ein Zufall, dass Sie da sind‹, sagte der Schüler. ›Zufall?‹, staunte der Meister. ›Dies ist mein Haus. Wo sollte ich sein?‹ – ›Aber sind Sie denn nicht immer auf Wanderschaft? Ich habe Ihre Lehre befolgt. Sehen Sie meine wunden Füße. Sehen Sie meine Armut. Mir sind die Menschen fremd geworden. Schon mich selbst kenne ich nicht mehr.‹ – ›Ist es meine Schuld, dass du meine Worte buchstäblich nimmst? Ich pilgere, ohne dafür notwendig mein Zimmer zu verlassen; obwohl ich auch nichts dagegen habe, wenn andere bis zum Ende des Dorfes wandern. Doch lass uns morgen weiterreden, ich bin müde: Heute habe ich vierzig Mal mein Zimmer durchschritten.‹«

Wir wechselten sofort das Thema. Ich fragte ihn weder nach dem Namen seiner Frau oder seiner Kinder noch nach den Einzelheiten seiner Arbeit; deren Spuren verschwanden wie die letzten Fäden einer alten Lüge. Grog belohnte meine Diskretion und gestand mir, dass er selbst Patient im Sanatorium Spinoza sei. Er litt unter einer Krankheit, die unter dem Begriff »Marconi-Syndrom« bekannt war. Ein Leiden, das ihn dazu verdammte, sich umfassende literarische Texte auszudenken, ohne auch nur eine Zeile niederschreiben zu können.

»Wir treffen uns jeden Samstag im Untergeschoss des Budapest-Pavillons, um uns unsere Romane zu erzählen. Wir sind zu siebt, manchmal zu acht, reden ohne Unterlass, ohne uns gegenseitig zu unterbrechen. Keiner kann schreiben, keiner hat je auch nur ein Wort zu Papier gebracht. Wir sind die gebrochenen Versprechen, die Geisterschreiber, sprechende Maschinen, die nicht gestoppt werden können. In diesem unseligen Keller reden und reden wir, bis der Gruppenleiter uns rausschmeißen muss. Er ist Psychologe und selbst ein Opfer des Marconi-Syndroms, inzwischen aber glücklicherweise geheilt. Er schreibt zwar nicht, träumt aber auch nicht mehr davon, es zu tun. Und wir verlassen zusammen das Sanatorium, um uns auf dem Weg immer noch unsere nächsten Bücher zu erzählen, von denen wir noch nicht einmal die Titel schriftlich festhalten können …«

Wir verabredeten uns für den folgenden Mittwoch wieder in der ›Konditorei zur Angst‹. Bis dahin wollte Grog herausbekommen haben, ob der Patient, den Conde besuchte, Brocca war oder nicht. Ich schwor mir, Grog nie wieder vorzuhalten, was ich über sein Leben wusste. Ich wollte ihn in seine gewohnte Rolle schlüpfen lassen. In die einer Kunstfigur, des inkarnierten Fantasmas seiner selbst, des letzten Helden meiner Jugend.

Begegnung mit Rusnik

Schleppenden Schritts erschien Trejo im Institut. Er erklärte mir, dass seine Tage als Universitätsdetektiv und als mobiler Lehrstuhl gezählt waren.

»Conde hat rausgekriegt, dass ich ihm hinterherschnüffle, und hat dem Dekan davon erzählt. Er hat den Verantwortlichen mit einem Skandal gedroht, wenn sie mich nicht entlassen.«

»Haben Sie ein Telegramm bekommen?«

»Nein, aber in einer Woche wird es eine Anhörung geben, bei der alle Verdächtigen einen Rechenschaftsbericht ablegen müssen. Sie auch.«

»Ich?«

»Sie, Conde, Novario und ich. Wenn wir bis dahin keinen Beweis in der Hand haben, werde ich die längste Zeit ein mobiler Lehrstuhl gewesen sein, und Sie …«

Ich machte ihm ein Zeichen, die Unterhaltung im hinteren Raum fortzusetzen. Im ersten Raum saß eine Studentin, ein blasses, blondes Mädchen, das sich die Bücher trotz Brille drei oder vier Zentimeter dicht vor die Nase hielt. Da sie ziemlich regelmäßig ins Institut kam, hatte ich mir ein Herz gefasst und sie zum Ausgehen eingeladen. Ihre Antwort blieb immer ziemlich vage, ohne meine bescheidenen Hoffnungen ganz zu enttäuschen. Ich wollte nicht, dass sie etwas von meinem baldigen Ausschluss aus der akademischen Welt mitbekam.

In der Höhle dann erzählte ich Trejo die Neuigkeiten über das Sanatorium Spinoza.

»Und Sie glauben, Homero Brocca lebt und Conde hält ihn in dem Irrenhaus fest, isoliert von der Welt?«

»Ich weiß es nicht. Wir müssen auf Exkursion gehen.«

»Morgen?«

»Morgen«, bestätigte ich. »Wir können nicht ohne Beweise vor das Schiedsgericht treten.«

Die Fahrt in Begleitung Trejos ließ mich unser eigentliches Ziel zunehmend aus den Augen verlieren. Die banalsten Aspekte des Lebens brachten ihn vollkommen aus dem Häuschen: die Uniformen der Schaffner, die fliegenden Händler, die in den Waggons ausgehängte Fahrgastordnung.

»Ich habe die Stadt schon seit Jahren nicht mehr verlassen«, erklärte er mir. »Ich hasse Reisen. Deshalb habe ich mich von meiner Frau getrennt. Sie hat einfach nicht verstanden, dass wir nie in Urlaub gefahren sind. Ich hab ihr gesagt: Fahr du an den Strand, in die Berge, wohin du willst. Das hat sie einmal gemacht und ist nie zurückgekommen. Ab und an schickt sie mir von sonst woher eine Karte.«

Ich stimmte insgeheim mit seiner Frau überein, dass

ein Leben ohne Ferien schrecklich sein kann. Aber einem Freund gegenüber der Exgattin beizupflichten, das war Hochverrat.

»Frauen lieben Hotels«, behauptete ich. »Das Meer, die Berge, selbst der Eiffelturm sind ihnen egal. Es sind diese Hotelseifen, die gemachten Betten, die säuberlich aufgehängten Handtücher und die Shampoofläschchen, weshalb sie auf Reisen wollen. Und dieser ekelhafte Flugzeugfraß und die Postkarten, die sie im Dutzend verschicken. Deswegen machen sie Urlaub.«

Ich wollte Trejos Vertrauen erwidern und ihm meinerseits etwas Persönliches erzählen. Etwas Schönes schloss sich von selbst aus, das wäre unhöflich. Also antwortete ich ihm, wie es sich gehörte, mit Enttäuschungen und Niederschlägen. Der Detektiv schenkte mir allerdings kaum Aufmerksamkeit, weil er soeben die fliegenden Händler entdeckt hatte. »Was für eine Welt, in der die Menschen in Zügen ihre Waren anbieten. Was für eine Welt …«, wiederholte er alle fünf Minuten. Kaum hatte einer sein Sprüchlein aufgesagt, kam der Nächste. Ihr Kommen und Gehen glich einer Komposition, die jede andere Bewegung im Zug absorbierte und den Anschein erweckte, als dirigierte eine heimliche Orchesterleitung das Geschehen. Trejo ließ keinen der Verkäufer vorbeigehen, ohne seine Ware zu inspizieren. Er kaufte eine zusammenklappbare Schere, eine wasserdichte Taschenlampe und ein Werkzeugset. Als er im Begriff war, eine komplette Trainingsbox zum Muskelaufbau, Expander und Handrolle inklusive, zu kaufen, mussten wir aussteigen.

Das Sanatorium Spinoza sah noch genauso verlassen aus wie beim letzten Mal. Bis auf drei Patienten, die uns aus ihren Fenstern zuwinkten, gab es keine Spur von Leben. Wir steuerten direkt auf den London-Pavillon zu. Gleich hinter der Tür stießen wir auf einen Raum voller Schreibmaschinen. Viele wirkten defekt, mit zu Boden hängendem oder um ein Stuhlbein gewickeltem Farbband. An einer der Schreibmaschinen saß ein Mann, der in rasender Geschwindigkeit die Tasten bediente. Ich fragte ihn, ob eine Krankenschwester in der Nähe sei.

Der Mann sah nicht auf. Seine grauen Haare hingen ihm ins Gesicht. Er hob die Hand und machte mit dem Zeigefinger ein verneinendes Zeichen und murmelte etwas Unverständliches. Ich ging zu ihm, um zu sehen, was er schrieb. *Die beiden Männer beobachten mich. Sie fragen nach einer Krankenschwester. Ich verneine und sage, dass alle Krankenschwestern gegangen sind. Dass wir uns diesen Ort angeeignet haben. Jetzt kommt einer der beiden näher, um zu lesen, was ich geschrieben habe. Jetzt gehen sie über den Flur weg. Sie kommen an eine grüne Tür und klopfen an …*

Trejo hätte weiterlesen wollen, aber ich zog ihn an der Schulter weg. Wir liefen den Flur hinunter und kamen an eine grüne Tür. Ich klopfte an. Fast konnte ich die Worte fühlen, mit denen der Mann beschrieb, wie sich die Tür öffnete und eine Krankenschwester mit orientalischen Gesichtszügen den Kopf herausstreckte.

»Wir sind Dozenten der Universität. Doktor Conde hat uns herbeordert, damit wir uns seinen Patienten ansehen … Wie hieß er doch gleich?« Trejo sah mich erwartungsvoll an. Das war mein Part.

»Doktor Conde hat uns den Bericht unter einem Pseudonym gegeben, um die wahre Identität des Patienten zu schützen.«

»Aber der Doktor kommt mittwochs gar nicht. Sind Sie sicher, dass er Sie für heute bestellt hat?«

Wir antworteten einstimmig:

»Da sind wir ganz sicher.«

»Wenn er es Ihnen versprochen hat, wird er kommen. Sie können nebenan auf ihn warten.«

Sie zeigte uns einen winzigen Raum, an dessen Längsseiten Holzbänke standen. An den Wänden hingen Texte der Patienten. Zwischen all den Zetteln las ich:

Sie beauftragen dich, eine Leiche von der Front zu holen.

Wenn du dich entscheidest, es zu tun, geh auf Seite 2.

Wenn nicht, geh auf Seite 3.

Ich ging auf Seite drei.

Der oberste Militärbefehlshaber macht dir wegen Verrats am Vaterland einen Blitzprozess, und du wirst verurteilt. Im Morgengrauen hängen sie dich auf der Plaza Mayor. Deine Leiche wird anonym bestattet.

Danach schlug ich die Seite zwei auf. Ich folgte dem Protagonisten durch mehrere Möglichkeiten. Die Gegenstände konnten wechseln, nicht aber die grundsätzlichen Züge der Reise. Am Ende kam der Held, wie in der überlieferten Geschichte, in dem Haus bei der Tochter des Generals an. Je nach dem gewählten Weg konnte der Protagonist sich in die Frau verlieben, sie umbringen oder sie über die symbolische Schlacht, an der er teilhatte und die er nicht verstand, ausfragen. Der Schluss jedenfalls war überall derselbe:

Suchen Sie sich einen Balken, und vollziehen Sie die letzte Substitution.

Fünfzehn Minuten später klopften wir wieder an die grüne Tür, um uns zu erkundigen, ob Conde eine Nachricht für uns hinterlassen hatte. Zwanzig Minuten später dasselbe. Und nach einer halben Stunde. Als Trejo sagte: »Es ist spät, wir müssen jetzt gehen«, lächelte die Krankenschwester erleichtert, aber der Universitätsdetektiv fügte listig hinzu: »Ein Blick auf den Patienten, und wir sind verschwunden.« Die Krankenschwester überlegte einen Moment und ging dann mit uns in den ersten Stock.

»Ich werde Doktor Bernabé suchen«, versprach sie. Wir warteten in einem Saal in der Nähe der Treppen. Durch die schmutzigen Fenster konnte man die anderen Pavillons sehen, deren Wände mit undefinierbaren Zeichen voll gemalt waren. Gern hätte ich jedes einzelne Wort, jeden niedergeschriebenen Namen entziffert, um so den Faden einer Geschichte aufzurollen, die ein gewisser Brocca in die Welt gesetzt hat.

Eine Viertelstunde später tauchte eine große, kräftige Frau mit kantigem Kinn vor uns auf. Es war nicht dasselbe, die Geschichte einer schmalen Krankenschwester zu erzählen, sondern einer massigen Psychiaterin. Geübter im Lügen als ich, breitete Trejo erneut die Gründe unseres Kommens vor ihr aus. Die Frau schien glücklich, dass sich jemand für ihren Patienten interessierte. Sie wirkte regelrecht stolz auf die Fort- oder Rückschritte seiner Krankheit.

»Doktor Conde lässt keine Woche aus. Er leiht uns selbstverständlich seinen umfassenden Erfahrungsschatz. Doppelt ehrenhaft, wenn man bedenkt, dass er das alles ad honorem tut.«

»Genau um das zu kompensieren, sind wir hier. Wir möchten, dass der Doktor das Sanatorium weiter intellektuell unterstützt, aber als Forscher soll er bezahlt werden.«

»Hört sich vernünftig an. Sie ahnen ja nicht, wie viel Geduld er mit diesem Patienten hat. Er kommt jede Woche und nimmt kiloweise Papier mit, um es zu sortieren.«

»Hilft er ihm beim Schreiben?«

»Nein, das ist nicht nötig. Sie wissen ja, Leute mit dieser Krankheit ...«

Sie öffnete die Tür zu einem kleinen, hellen Raum. Darin standen ein Metallbett und ein Tisch. (Besser: In dem Zimmer lagen Stapel von Papier, unter denen man einen Tisch und ein Metallbett vermuten durfte.) Die Blätter deckten den Mann vollständig zu, der auf dem Boden lag und schrieb. Das Licht, das durch das Gitterfenster in den Raum drang, gab dem Ganzen eine unnatürliche Weiße. Die Wände waren beschrieben, die Tür und selbst das Hemd des Patienten. Die Worte an sich hatten keine Realität: Sie waren nichts weiter als kurze Unterbrechungen dieses absoluten Weiß.

Der Mann hob den Kopf und sah uns an. Seine grauen Augen waren ungeheuer groß, sein Gesicht war schmal, der Schädel kahl geschoren. Seine Iris hatte eine blaue Maserung, sie erinnerte an das griechische Alphabet.

»Sehr jung«, sagte Trejo enttäuscht. »Das kann nicht Brocca sein.«

In der Brusttasche seines abgewetzten Hemdes steckte eine ganze Sammlung Bleistifte, Federhalter und Kugelschreiber. Er schrieb in großen Buchstaben und wechselte häufig den Stift. Jeden Augenblick hielt er inne, um eine andere Farbe auszuwählen, als unterhielten gewisse Wörter zu bestimmten Farben eine besondere Beziehung.

»Symptome?«, fragte ich.

»Er kann nicht aufhören zu schreiben«, antwortete Doktor Bernabé. »Er arbeitet von morgens bis abends. Manchmal sucht er noch im Traum nach Papier und Stift, um irgendwelche unerklärlichen Zeichen aufzumalen. Am nächsten Morgen schreibt er sie in Reinform ab.«

»Und wenn Sie ihm Zettel und Stifte wegnehmen?«

»Das haben wir einmal versucht.« Die Ärztin ging zu dem Patienten und schob einen Hemdsärmel hoch. Wie jemand, der mit unterdrücktem Stolz seine Tätowierung zur Schau stellt, duldete der Mann gefügig, dass wir uns seinen Arm ansahen. In seine Haut waren rote Buchstaben eingraviert. »Das hat er mit den Fingernägeln gemacht. Von da an sahen wir zu, dass Stifte und Papier niemals fehlten.«

Der Patient hieß Rusnik und war siebenundzwanzig Jahre alt. Mit zehn Jahren tauchten die ersten Symptome auf. Es fing damit an, dass er in seinen Augen Botschaften zu erkennen glaubte, die er abschreiben musste.

»Hört er uns? Versteht er uns?«

»Jedes Wort. Er unterbricht nicht, aber es stört ihn nicht, wenn wir über ihn reden.«

»Hat er sich jemals geäußert, warum er nicht aufhören kann?«

»Er sagt, er muss weiterschreiben, weil sonst die Gegenstände um ihn herum verschwinden. Bislang sind nur sehr wenige solcher Fälle bekannt geworden. Noch gibt es keine eindeutige klinische Beschreibung der Krankheit. Bei uns firmiert sie bis auf weiteres als akute Grafomanie oder auch, nach dem ersten öffentlich gewordenen Patienten, als Van-Holst-Syndrom. Van Holst war ein Angestellter der Nationalbibliothek in Amsterdam und fing eines Tages damit an, die Möbel in seinem

Haus zu zertrümmern und sie durch Zettel zu ersetzen, auf denen er die Namen der Gegenstände notiert hatte.«

»Das macht Rusnik aber nicht ...«

»Nein ... In seinem Fall stehen Gegenstände und Wörter sich nicht feindlich gegenüber. Sie dürfen nebeneinander bestehen. Bei ihm basiert die Krankheit sogar auf der Gewissheit, dass die Dinge nicht ohne Wörter bestehen können. Die Beziehung zwischen beiden hat sich gewissermaßen verkehrt: Die Gegenstände sind Zeichen, und ihr Zweck ist es, auf das Einzige zu verweisen, was wirklich existiert: auf die Sprache.«

Ich fragte die Ärztin, ob sie jemals von Brocca gehört hatte.

»Der Name kommt mir bekannt vor.«

»Er hat eine Erzählung geschrieben, die die Patienten noch heute umarbeiten.«

»Ach, dieses alte Spiel ... Ich habe versucht, es abzuschaffen, weil ich es für schädlich halte, aber irgendwo taucht es immer wieder auf. Inzwischen habe ich es aufgegeben. Traditionen kann ich nicht brechen. Ich begnüge mich damit, gegen die Folgen anzukommen.«

»Welche Folgen?«

»Zwanghafter Wiederholungsdrang. Selbstmordgedanken. Schwere Alpträume. Die Köpfe der Patienten gleichen Minenfeldern.«

»Wie arbeitet Doktor Conde?«, wollte Trejo wissen.

»Ich habe sehr viele Patienten zu behandeln und kann deswegen nicht alles lesen, was Rusnik produziert. Dafür ist der Doktor da. Jede Woche bringt er mir einen kurzen Bericht mit einigen Textauszügen, die uns weiterbringen könnten. Manchmal fehlt ihnen jede Kohärenz, weil der Patient mühelos von einem Thema zum nächsten springt.

Aber Rusnik reagiert gut auf Richtungen, die man ihm vorgibt. Natürlich schweift er immer wieder ab, aber wenn man sich das Material eines Monats ansieht und alles herausstreicht, was nichts mit dem bestimmten Thema zu tun hat, ist das Ergebnis doch sehr schlüssig. Aus den Tiefen seines Wahns hat Rusnik ausgesprochen komplexe und hermetische Strukturen erschaffen.«

Die Ärztin wies uns zur Tür. Rusnik bemerkte, dass wir im Begriff waren, zu gehen. Mit einem Satz sprang er auf, sodass die Blätter durch die Luft wirbelten. Bis sie zu Boden fielen, war er eine Sekunde lang ganz in Weiß getaucht. Obwohl Rusnik angezogen war, verstrahlte der schlanke, große Mann, der es gewohnt war, unter Papierbergen begraben zu liegen, eine gewisse Nacktheit.

Er wühlte in den Blättern auf Bett und Tisch, und schließlich bot er uns zwei Seiten an.

»Das macht er immer, wenn er Besuch hat«, erklärte uns Doktor Bernabé.

Ich faltete die eine Seite zweifach zusammen und steckte sie in meine Manteltasche. Trejo tat das Gleiche. Ein neues Stück für sein Museum. Wir hatten die Tür noch nicht geschlossen, da lag Rusnik schon wieder auf dem Boden und war mit einem Stoß Behördenpapier beschäftigt.

Im Erdgeschoss bat Trejo die Ärztin, niemandem von unserem Besuch zu erzählen. Wir wären nur gekommen, um bestätigt zu sehen, dass es Condes Untersuchung tatsächlich gab.

»Conde denkt immer, sein Wort genügt. Aber um die Töpfe der Universität anzuzapfen, braucht man unterschriebene Bescheinigungen, Sie wissen schon, die Bürokratie …«, erläuterte Trejo so überzeugend, dass es bedauerlich war, dass Conde so oder so von unserem Besuch erfahren würde. Frauen können einfach keine Geheimnisse für sich behalten.

Auf der Rückfahrt erinnerte Trejo sich wieder an das Blatt von Rusnik. Er las ein paar Sätze. Es war eine haargenaue Beschreibung der Aktivitäten der Ameisen im Sanatorium Spinoza. Das Blatt, das er mir gegeben hatte, schien interessanter:

… *Als ich mit der* Gorgona *untergegangen war, hat mich Poseidon als Sekretär zu sich geholt. Er bedrängt mich, meine Autobiografie zu schreiben. In der ersten Zeile schreibe ich: Ich bin Brocca, und dann weiß ich nicht weiter. Danach aber versuche ich, auf zahllosen Seiten zu erklären, warum ich nicht schreiben kann. Ab und an schicke ich einen Brief los, mit dem Poseidon mich beauftragt hat. »Werter Zeus, mischen Sie sich nicht in meine Angelegenheiten.« »Werte Sirenen: Ihr Gesang nervt. Glauben Sie nicht, ich hätte genügend gesunkene Schiffe in meiner Sammlung?« Ich bin Brocca. Mein Gebieter ruft mich einmal in der Woche zu sich und fordert mehr und mehr. Mit dem Korallenmesser zerschneidet er meine Seiten und hebt nur das Wichtige auf. Ich bin auf dem Grund des Meeres. Unter meiner Zunge haust ein Krebs. Im Licht der phosphoreszierenden Fische der Tiefe schreibe ich: Ich bin Brocca, war Brocca, jetzt bin ich Der Ertrunkene.*

Das Gericht

Alles, was ich bis jetzt erzählt habe, war nichts weiter als die lange Vorgeschichte zu jenem unglaublichen Abend, der mein Leben veränderte. Es war die Nacht der Anhörung, bei der Trejo und ich Beweise gegen Conde vorbringen sollten. Die Anhörung, die wir unter uns nur noch den Prozess nannten. Wir irrten uns nicht. Es war ein Prozess, geführt von einem Gericht, das im Zwielicht tagte und die härtesten Urteile fällte. Von einem Gericht, in dem es keinen Zeugenstand und keine Gesetzesbücher gab, sehr wohl aber die Spuren seines Henkers.

Die Anhörung war ganz formal einberufen worden. An einem Montag bekam ich ein Telegramm, in dem man mich für den folgenden Mittwoch, zwanzig Uhr, zu einer »außerordentlichen Sitzung aus administrativen Gründen« vorlud. Ich rief Trejo an. Er hatte das gleiche Telegramm erhalten.

An jenem fatalen Mittwoch ging ich für ein paar Stunden ins Institut. Ich hatte mir angewöhnt, meine Doktorarbeit auf dem Schreibtisch liegen zu lassen. Jetzt aber fürchtete ich, dass Conde das Geschriebene zur Strafe vernichten könnte. Während ich die losen Blätter in eine Kiste sortierte, begann allmählich die Furcht in mir aufzusteigen, die Menschen empfinden, wenn mal wieder der Kollege befördert worden ist: dass nämlich hinter all den Erklärungsversuchen, warum die Wahl auf den anderen fiel, im Grunde nur der Entschluss steckt, nicht voranzukommen, niemals etwas zu Ende zu bringen. An diesem Abend würden sie mir den Prozess machen, und auch ich ging für all meine verlorenen Ideale mit mir ins Gericht.

Am Nachmittag erschien Conde. Er sah mich hochmütig an.

»Sie wissen, dass heute die Anhörung ist? Aus Freundschaft zu Ihrer Mutter habe ich beschlossen, Ihnen eine letzte Chance zu geben, Ihre Stelle zu behalten.«

»Und was muss ich dafür tun?«

»Nur eins: schweigen. Hören Sie nicht auf Trejo, mit dem ist es aus. Er hatte einen gewissen Einfluss auf die letzte Leitung. Man hat ihn aus politischen Gründen gedeckt, aber das läuft nicht mehr. Gehen Sie nicht mit ihm unter.«

»Mir war Granados nicht sympathisch«, erwiderte ich. »Aber mir ist es auch nicht egal, dass jemand sie umgebracht hat.«

»Sie glauben, ich wars? Diese Verrückte hätte man nicht ermorden müssen, um sie zum Schweigen zu bringen.«

»Kommen Sie, Conde: Sie und ich wissen, dass es nur einen einzigen Weg gab, damit sie den Mund hielt.«

Conde seufzte.

»Schweigen oder die Schlüssel«, sagte er.

Ich hatte die Schlüssel für meine Wohnung und die für das Institut am selben Bund. Ich löste die drei der Universität und legte sie auf den Schreibtisch. Bevor ich den Raum verließ, hatte Conde sich schon in der Krypta eingeschlossen.

So endete meine Anstellung als Sekretär am Institut für Nationale Literatur. Das Leben eines jeden mag sich über die Türen erzählen lassen, die sich ihm öffnen und schließen: Als ich die des Instituts hinter mir zuzog, spürte ich, dass ich – wenigstens wenn ich nicht schnell eine neue Stelle fände – meinen eigenen kleinen Bereich und meine Freiheit zurückließ.

Am späten Nachmittag traf ich mich mit Grog. Ich fragte ihn, ob ihn meine Anschuldigungen aus der Vorwoche nicht verletzt oder durcheinander gebracht hätten. Er lachte.

»Ich wusste, dass dieser Moment kommt. Jeder sollte seine Geheimnisse so lange hüten, wie es nur geht. Aber er muss immer darauf gefasst sein, dass sie entdeckt werden. Sollen andere doch danach lechzen, durchsichtig, kalkulierbar und ohne jedes Rätsel zu sein. Die haben keine Identität. Eine Identität liegt notwendig im Verborgenen. Wir sind alle Doppel- oder Dreifachagenten, wir sind Spione, die schon gar nicht mehr wissen, für welche Seite sie arbeiten.«

Ich unterbrach ihn. Mich erwartete eine heikle Nacht, und ich wollte über meine Sorgen sprechen, nicht über seine. Ich bedauerte, dass Jorge und Diego nicht bei uns waren. Wie schwer war es doch, Grog allein gegenüberzustehen.

»Kannst du die Stelle zurückkriegen, wenn sie Conde verurteilen?«

»Das hängt davon ab, wer nachrückt.«

»Und gibt es Beweise gegen ihn?«

»Nicht viele. Ich hoffe, Trejo kann sie beibringen. Seine Wissenschaft, die Indiziologie, hat heute ihre Feuerprobe.«

Trejo hatte seine Wohnung schon seit drei Tagen nicht mehr verlassen. Ihn beschäftigte zweierlei: die Überarbeitung seines Plädoyers und die Gänge durch sein Museum, auf denen er nach der rechten Eingebung für die fehlenden Gegenstände in den Vitrinen suchte.

Wir verließen die Bar und gingen einige Blocks gemeinsam. Dann trennten sich unsere Wege. Grog fragte, ob ich irgendeine Kabbala oder einen Talisman hatte. Ich zog ein rotes Jo-Jo aus meiner Jacke, das ich wenige Tage zuvor in einer Schachtel mit alten Sachen wieder gefunden hatte, die mir meine Mutter geschickt hatte. Während meiner Schulzeit hatte ich es immer in meinem Rucksack gehabt. Ich bin nicht sicher, ob Grog es erkannte. Ich ließ es mehrmals auf- und niedersurren. Grog nahm es und versuchte es ebenfalls, aber das Jo-Jo wollte nicht nach oben sausen. »Ich war bei so blöden Spielen noch nie gut«, sagte er. Er gab mir die Hand und wünschte mir Glück. Ich blieb an der Ecke stehen und konzentrierte mich auf das Auf und Ab der roten Scheibe. Grog drehte sich zu mir um und hob die Hand. Uns trennten fünfzig Meter. Aber dazwischen lag eine ganze Welt.

Um halb acht traf ich mich mit Trejo in einer Bar gegenüber der Fakultät. Er zeigte mir eine schwarze Mappe, prall gefüllt mit Texten, Diagrammen, Merkzetteln, Beweisen.

»Nach diesem Abend wird die Fakultät selbst ein Mordverfahren gegen Conde einleiten.«

»Das wird der größte Skandal in der akademischen Geschichte«, spekulierte ich.

Trejo schien sich seiner Sache sehr sicher und entschlossen, mich mit seinem Optimismus anzustecken: Mit jeder Minute, die verging, sackte ich weiter auf meinem Barhocker zusammen, bis ich zu verschwinden drohte. Als ich den Kellner rief, um einen Kaffee zu bestellen, brüllte ich ihn regelrecht an, weil ich davon überzeugt war, dass niemand meine Stimme hören konnte.

Heute kann ich mir jeden einzelnen Helden dieser Nacht vorstellen, wie er sich auf die Veranstaltung vorbereitete. Ich weiß, dass Novario den ganzen Nachmittag im Hotel Ancona verbrachte. Er verließ es gegen sechs, um in einer Bar auf der Avenida de Mayo einen Kaffee zu trinken und eine Partie Billard zu spielen.

Conde war in der Academia de Letras. Nervlich am Ende, fuhr er einen der Gelehrten harsch an, der ihm bedeutete, dass es keine weiteren Forschungen über Brocca mehr geben sollte, solange die Identität des Autors nicht endgültig geklärt war. Die Kollegen versuchten, ihn zu beruhigen. Wüst fluchend, er sei das Opfer einer unwürdigen Verschwörung, verließ Conde den Raum der Verblendeten.

Die Verantwortlichen – der Dekan der Fakultät und ein Vertreter des Ministeriums – trafen sich bereits vor dem vereinbarten Termin, um sich über die Vorgeschichte der in den Streit verwickelten Personen zu informieren. Um sechs begaben sie sich in eine Aula im Keller und öffneten die Akten, die sie mitgebracht hatten. Die Durchsicht unserer Lebensläufe war für uns nicht von Vorteil. Meinen gab es faktisch nicht, der von Gaspar Trejo war bunt und ohne roten Faden. Der von Conde war: durchweg überzeugend.

»Hat Sie jemand bedroht?«, fragte Trejo.

»Conde hat mich rausgeschmissen.«

»Das kann er nicht. Noch nicht.«

»So oder so, ich habe ihm die Schlüssel gegeben. Wenn er gewinnt, soll er alles gewinnen.«

Ich verschwieg Trejo, dass ich noch eine andere Drohung erhalten hatte. Um sieben Uhr morgens hatte meine Mutter angerufen, um mir zu sagen, dass ich auf der Suche nach einer neuen Stelle jede Hilfe ihrerseits besser vergessen sollte, falls ich gegen Conde aussagen würde. »Und aus diesem Loch musst du dann raus.« Sollte heißen, aus meiner Wohnung. Während der letzten Tage bestand ihre Einschüchterungstaktik darin, mir ständig Kisten mit Büchern und Kindheitserinnerungen vorbeizubringen, für die ich keinen Platz hatte. Sie kam, wenn ich nicht da war, bat den Hauswart um den Schlüssel und hinterließ mir in meinem Zimmer immer noch ein Päckchen, das direkt aus einer fernen Vergangenheit kam.

Um acht überschritten wir die Schwelle zur Fakultät. Ich hatte das Gefühl, zum ersten Mal dort zu sein. Ohne ein Wort zu wechseln, gingen wir in das Untergeschoss und suchten im Halbdunkel nach dem Raum, in dem die Anhörung stattfinden sollte.

Die Ausmaße des Kellers der Fakultät schienen sich ins schier Unendliche zu erstrecken. Es gab keine Pläne mehr von dem Gebäude, aber Gerüchten zufolge sollten die Kellergänge bis zum Hafen führen. Der größte Teil davon war noch immer unerforscht. In längst vergangenen Jahren waren einige der Räume für andere Zwecke umfunktioniert worden. Weiter als bis zu diesen aber hatte sich niemand vorgewagt.

Der Raum wirkte wie für eine Abschlussprüfung hergerichtet. Am Kopf stand erhöht auf einem Podium ein Schreibtisch. Dort erwarteten uns Basilio Bruck, Dekan der literaturwissenschaftlich-philosophischen Fakultät, und Ernesto Dupret, Vertreter des Ministeriums.

Vor Jahren hatte ich bei Bruck studiert, der auf Platon und Plotin spezialisiert war. Er hatte es damals gewagt, sich mit den Anhängern von Platons Lehre der »oral history« anzulegen, laut der das verbal oder vermittelt abgelegte Zeugnis ebenso viel wog wie das schriftliche. Über drei Jahre gewannen sie in der Fakultät zunehmend an Einfluss, bis die internen Grabenkämpfe sie zersetzten. Bruck ging als Gewinner daraus hervor.

Dupret hatte ich nie zuvor gesehen, wusste aber, dass

er Professor für spanische Literatur zweifelhaften Rufs war. Er war fünfundvierzig, fünfzehn Jahre jünger als Bruck. Mit seiner Pfeife gab Dupret uns ein Zeichen, Platz zu nehmen. Bruck musste von dem Qualm im Laufe der Nacht mehrfach husten, doch weder machte Dupret seine Pfeife aus, noch forderte der Dekan ihn offiziell dazu auf. Wir setzten uns in die erste Reihe. Nach uns kam Novario. Er nickte zur Begrüßung mit dem Kopf und ließ mehrere Stühle zwischen uns frei, damit man ihn nicht mit unseren Überzeugungen in Verbindung brachte. In der Bar hatte mir Trejo nochmals die Ausgangssituation geschildert. Sollten wir während der Anhörung keine hieb- und stichfesten Beweise gegen Conde vorbringen können, war ich meine Stelle und Trejo seinen Lehrstuhl los. Selbst wenn Novario etwas gegen Conde ins Feld führte, würde im Protokoll keine Gegenanschuldigung auftauchen, um Reibungen mit der Universidad del Sur zu vermeiden.

Wenig später erschien Conde. Er gab Bruck und Dupret die Hand. Dann nahm er einen Stuhl und rückte ihn weiter nach vorne, als säße er lieber näher am Podium als bei uns.

»Entschuldigen Sie bitte die Verspätung. Ich habe einen Anruf vom Minister bekommen, der mich eine halbe Stunde aufgehalten hat.«

»Kein Problem«, sagte Bruck gleichmütig.

Der Raum füllte sich mit Qualm.

»Meine Herren …«, hob Dupret an, wurde aber von Bruck unterbrochen.

»Das ist meine Sache. Denken Sie bitte daran, dass Sie hier nur zur Aufsicht da sind.« Er wandte sich uns zu. »Lassen Sie uns anfangen.«

»Ich bin gekommen, um Anzeige wegen übler Nachrede und der Bildung einer verschwörerischen Vereinigung zu erstatten«, eröffnete Doktor Conde.

»Und wer, glauben Sie, hat sich gegen Sie verschworen?«, fragte Dupret.

»Zunächst der hier anwesende Professor Novario und darüber hinaus eine weitere Person, deren Namen ich aus Gründen des Anstands nicht nennen möchte.«

»Lassen wir doch die Skrupel beiseite«, sagte Trejo. »Gemeint ist Professor Granados.«

Conde nickte.

»Doch ich bin weder gekommen, um die verstorbene Selva Granados noch Victor Novario anzuklagen, der ohnehin keine Waffen mehr hat, mit denen er auf mich zielen könnte. Was mich vielmehr stört, ist, dass ein Pseudoprofessor von einem Pseudolehrstuhl mich belästigt und dafür noch die volle Unterstützung der Institution hat. Er hat mich auf Schritt und Tritt verfolgt, meine Vorgänger ausgefragt, als wäre ich ein ehemaliger Strafgefangener, und er hat meinen Namen in den Schmutz gezogen. Und dieses Individuum machte sich eine Person zum Komplizen, die ich selbst als Sekretär eingestellt hatte, Señor Esteban Miró.«

Conde drehte sich nach mir um und sah mich an.

»Auf wessen Seite stehen Sie, Miró? Das ist Ihre letzte Chance. Sagen Sie gegen Trejo aus, und Sie behalten die Stelle.«

»Ich stelle hier die Fragen«, sagte Bruck. »Was verlangen Sie?«

»Die Kündigung Gaspar Trejos und Mirós Kündigung. Ich habe ernst zu nehmende Hinweise, wie ich die verschwundenen Bücher Broccas zurückbekommen kann, und ich will nicht, dass irgendwelche Gerüchte die Publikation seiner *Gesammelten Werke* vereiteln.«

»Haben Sie einen Beweis für Ihre Anschuldigungen?«

»Die Arbeit Trejos bestand in den letzten Monaten einzig und allein darin, hinter mir herzuschnüffeln, und Sie, Bruck, wissen das genau.«

»Stimmt es, was Conde sagt?«, wollte Dupret wissen.

Trejo erhob sich, den Kopf gesenkt. Ich dachte, dass nun alles vorbei sei, dass er alles bereuen und um einen würdigen Abgang feilschen würde.

»Ich gebe zu, dass meine Aktivitäten in der letzten Zeit keinem anderen Zweck dienten, als gegen Doktor Conde zu ermitteln. Ich würde das eine Obsession nennen.«

»Und Ihnen ist klar, dass Sie noch heute gekündigt und mit einem Ermittlungsverfahren belegt werden können, wenn Sie keinen Beweis gegen ihn haben?«

»Das ist mir bewusst. Ich möchte bitte klarstellen, dass ich heute nicht hierher kam, um mich zu verteidigen. Ich kam zum Angriff. Ich möchte, dass die Fakultät die Einleitung eines Mordverfahrens gegen Doktor Conde unterstützt.«

Empört erhob sich Conde von seinem Stuhl.

»Muss ich mir diese Verleumdungen anhören, Doktor Bruck? Was ist das hier, eine Komödie? Wir sollten doch bitte nicht die Rollen vertauschen. Sie sind es, die auf der Anklagebank sitzen.«

»Nur die Ruhe, Doktor. Sie können gehen, wenn Sie möchten. Ich an Ihrer Stelle würde das allerdings nicht tun. Es ist doch immer interessant zu hören, was andere über einen denken. Und es gibt so selten die Gelegenheit dazu ...«

Conde zögerte einen Moment, ob er Türen knallend den Raum verlassen oder sich setzen sollte. Er nahm den Stuhl und stellte ihn einmal laut auf dem Boden ab, um wenigstens annähernd den Effekt der zuschlagenden Tür zu erzielen.

»Sie glauben, Conde hat Señora Granados in den Fahrstuhlschacht gestoßen?«

»Und vielleicht weiß er sogar etwas über den Tod des Hausmeisters Vieyra«, ergänzte Trejo.

»Den armen Hausmeister soll ich auch umgebracht haben! Am Ende bin ich gar ein Serienmörder.«

»Ich sagte nicht, Sie hätten ihn umgebracht, sondern Sie wüssten, wer es war.«

Bruck sah auf die Unterlagen auf seinem Schreibtisch.

»Nach dem Bericht der Polizei hat sich Señor Vieyra das Leben genommen. Er war schwer depressiv, und die Gerichtsmedizin konnte keinerlei Spuren eines Verbrechens erkennen ... Professor Granados hat sich ebenfalls umgebracht, obwohl dieser Fall noch nicht abgeschlossen ist.«

»Doktor Bruck, dieses Gebäude ist deprimierend und dunkel, das gebe ich zu. Aber selbst dann bleibt ein Selbstmord pro Monat noch eine übertrieben hohe Quote«, sagte Trejo.

Inzwischen konnte man die Luft im Raum schneiden. Bruck schickte Dupret immer wieder missbilligende Blicke zu, doch der Funktionär zeigte sich davon unberührt.

»Was haben Sie für Beweise, die belegen, dass Professor Granados umgebracht worden ist?«

»Stärkstes Indiz für den Selbstmord ist ein angeblicher Brief, den sie in Versform verfasst hatte. Der Mörder warf ihn hinterher, nachdem er sie hinuntergestoßen hatte, damit er bei ihr gefunden und als Beweis verwendet werden konnte. Aber es war kein Brief, sondern ein Gedicht.« Trejo öffnete seine Aktentasche. »Ich bitte Sie, diesen Gedichtband *Ertrunken in der Wasseruhr* als erstes Beweisstück aufzunehmen.« Trejo wandte sich mit einem unvorhergesehenen Schachzug an mich. »Miró, wollen Sie nicht? Ich habe noch nie gerne vorgelesen.«

Mir war es genauso unangenehm, etwas laut vorzutragen. Erst recht Gedichte und noch schlimmer, Gedichte von Selva Granados. Aber für das Verfahren war es unerlässlich. Ich entschied mich für *Der Abgrund* und *Hochspannungsmast.*

Das ganze Leben hing meine Liebe am falschen Kabel.
Die leidenschaftlichen Spannungen waren nur ein Scherz.
Küss mich, Strom, mit deinem voltgeladenen Schnabel!
Ein Kurzschluss kappte die Leitung zu meinem Herz.

Ich setzte meine Lesung mit dem unvergesslichen *Monsieur Guillotin* fort, das folgendermaßen endete:

Hier hast du mich, Henker, du bist mein Herr.
Aber ich bin nicht dein Opfer, im Gegenteil.
Enthauptet verfolge ich dich in deinem Träumemeer.
Komm schon, und senke dein blutiges Beil.

Gerade als ich den richtigen Ton gefunden und mich in Stimmung gelesen hatte, unterbrach mich der Dekan.

»Warum sollte Conde Granados umbringen wollen?

Streitereien zwischen Professoren gehen niemals so weit.« Bruck wirkte einige Augenblicke wie benommen. Vielleicht erinnerte er sich an eine Begebenheit aus der eigenen Vergangenheit. »Es sei denn, es geht um einen Lehrstuhl, was aber nicht der Fall ist.«

»Und hier haben wir Beweis Nummer zwei.« Trejo stand auf und gab Bruck eine Kassette. »Kurz vor ihrem Tod suchte Selva Granados die ehemalige Sekretärin des Instituts für Nationale Literatur auf, Irene Stern. Sie ging zu ihr, weil sie beweisen wollte, dass Conde selbst die Bücher aus dem Institut entwendet hat. Dabei entdeckte sie etwas viel Schlimmeres: Die Bücher waren niemals dort gewesen. Selva Granados wollte Conde während der Präsentation der *Substitutionen* auffliegen lassen, vor den Fakultätsoberen, den Funktionären, dem Fernsehen … aber vorher ist sie umgebracht worden, um sie zum Schweigen zu bringen.«

»Was ist denn das für ein Unsinn?«, fragte Conde erregt. »Diese Verrückte hätte niemand öffentlich zu Wort kommen lassen.«

»Sie hätte sich ihren Weg zum Mikrofon schon gebahnt. Das kann ich versichern«, mischte ich mich ein. Es gefiel mir nicht, dass sie Granados so diffamierten.

»Das Geheimnis, das Conde die ganze Zeit über gehütet hat, ist, dass es diese Bücher niemals gab. Stellen Sie sich vor, was das für einen Skandal gegeben hätte. Ein Wissenschaftler widmet sein Leben dem Werk eines Autors, er erhält Stipendien, einen Lehrstuhl, einen Platz in der Akademie, und dann stellt sich heraus, dass die Bücher, über die er arbeitet, mit Ausnahme einer Minikurzgeschichte, deren Urheberschaft höchst zweifelhaft ist, nie geschrieben worden sind …«

»Sie kennen mich seit Jahren, Doktor Bruck«, sagte Conde, und der Dekan nickte. »Geben Sie mir zwei Tage, und ich verspreche Ihnen, dass ich Ihnen die Originalausgaben von Broccas Werk zeigen werde. Und dann werde ich diese Diffamierungen nie wieder erdulden müssen. Mehr noch, jetzt sofort kann ich Ihnen den Anfang von *Der Schrei ...*«

»Wir wissen schon, wie Sie an diese Schriften gekommen sind«, unterbrach Trejo. »Sie haben einem armen Verrückten die Redaktion von Broccas Gesamtwerk übertragen.«

Trejo erzählte nun von den Besuchen Condes im Sanatorium Spinoza, während er in seiner Tasche nach einem Stoß Papier mit dem Briefkopf der Klinik suchte.

»Dieser Patientenbericht, den ich Sie aufmerksam zu lesen bitte, ist unser Beweisstück Nummer drei. Ich füge ihm eine Kopie der einzigen Abhandlung über psychotische Krankheiten bei, in der dieses außergewöhnliche Leiden, das Van-Holst-Syndrom, erwähnt wird. Conde hat nicht nur die Universität und andere Institutionen mit nicht existierenden Büchern hinters Licht geführt, er hat außerdem einen geistig Kranken ausgenutzt und ihn gezwungen, für ihn zu arbeiten.«

»Ich hatte in meinem Leben schon viele Feinde, aber nie hat jemand so über mich gesprochen. Ich tue etwas aus Nächstenliebe und werde dann dafür verurteilt. Glauben Sie nicht, dass ich in meiner Freizeit Besseres zu tun habe, als verwirrte Intellektuelle zu besuchen? Es war mein inzwischen bereits verstorbener Bruder, Doktor Efraín Conde, der mir das Sanatorium nahe gebracht hat.«

»Und was hat Conde von den Aufzeichnungen dieses Patienten?«, fragte Bruck.

»Conde gibt ihm Themen vor, über die er schreiben soll. Die Argumentation ist dieselbe, die er auch für die verlorenen Bücher Broccas erfunden hat. Der Patient schreibt Tausende von Seiten voll, er driftet ab, wiederholt sich. In manchen Momenten entspinnt er einen schlüssigen Diskurs, den er dann wieder untergräbt. Conde ist fürs Streichen, Kürzen, Verknappen zuständig. Zuerst entwirft er seine Methode, und jetzt braucht er dazu ein Werk, das dieser Methode würdig ist.«

Ich erinnere mich nicht mehr, welche Richtung die Diskussionen einschlugen. Vielleicht weil es keine gab. Conde und Trejo fielen sich ununterbrochen ins Wort, und die Anhörung kam nicht voran. Für mich war das alles sehr verständlich, weil ich die Protagonisten gut kannte, aber in den Ohren von Bruck und Dupret, die die Argumente zum ersten Mal hörten, musste die Geschichte ziemlich merkwürdig und verwirrend klingen. Von einem Moment auf den anderen kehrte dann Stille ein, als ob alle des Redens müde waren und sich fragten, was sie eigentlich hier suchten. Nur die Schläge von Duprets Pfeife auf den Mülleimerrand waren noch zu hören. Danach zog er seinen Tabakbeutel hervor und begann sie neu zu stopfen.

Bruck putzte seine Brille und rieb sich die müden Lider. Das Podium war in eine Rauchwolke gehüllt.

»Haben Sie vor, sie anzuzünden?«

»Ja … Stört es Sie, Doktor?«

»Es stört mich. Alles ist so konfus und dann noch Ihre Pfeife.« Bruck sah auf die Tafel. Sie war nicht beschrieben. »Ich dachte, alles wäre so einfach. Ein paar Stunden und fertig. Aber hier liegt so viel im Dunkeln …«

»Nichts liegt im Dunkeln … Es sind die beiden da, die

so manches durcheinander bringen«, sagte Conde. Es erschreckte ihn, Bruck zweifeln zu sehen und dazu fähig, in die eine oder die andere Richtung zu kippen. Er hatte auf eine sofortige Bestrafung gehofft.

»… Im Dunkeln, im Dunkeln … Wir tappen im Nebel, Doktor Conde. Gibt es jemanden, der noch nichts gesagt hat? Kann ich das Licht einschalten?«

Novario sah zum Podium, zu Conde, zu uns.

»Ich habe nichts zu sagen.«

»Hatten Sie nicht eine Rechnung mit Conde offen?«

»Ich betrachte die Dinge von außen.«

»Ein ganz Mutiger«, flüsterte Trejo.

»Ich gehöre nicht dieser Fakultät an. Ich bin ein Gastprofessor und möchte mich nicht in die inneren Angelegenheiten der Fakultät mischen, die mich eingeladen hat.« Er sah auf die Uhr. »Außerdem muss ich gehen. Wenn Sie mich entschuldigen …«

»Sie werden nichts sagen? Sie haben ihn der Konspiration bezichtigt«, sagte Bruck.

»Das waren andere Zeiten. Mich beschäftigen heute andere Dinge. Ich entschuldige mich, Doktor Conde, wenn ich Sie belästigt habe. Und jetzt muss ich wirklich gehen …«

Novario zögerte, ob er Bruck und Dupret die Hand geben sollte. Er traute sich nicht, uns noch einmal anzusehen. Er verließ den Raum, und für zwei Minuten herrschte Stille.

»Ich muss einen Anruf tätigen«, sagte Dupret und unterdrückte ein Gähnen.

Bruck sah auf die Uhr. Es war halb elf Uhr nachts.

»Dann machen wir eine kurze Unterbrechung. Und nutzen die Zeit, um frische Luft zu schnappen.«

Dupret ging zuerst. Conde folgte ihm. Bruck kam auf uns zu.

»Haben Sie zufällig etwas mit der Professorin Korales de Miró zu tun?«, fragte er mich.

Ich überlegte kurz, ob ich ihm die Wahrheit sagen sollte.

»Sie ist meine Mutter. Kennen Sie sie?«

»Wir hatten mal eine Auseinandersetzung. Aber das ist lange her.«

»Mit Folgen?«

»Einen Tag später war ich raus aus der Universität.«

Meine Hände, die ich nicht mehr unter Kontrolle hatte, machten entschuldigende Gesten.

»Machen Sie sich keine Sorgen, Miró. Zu Zeiten der tragischen Helden wurden die Vergehen der Väter an die Söhne weitergereicht. Heute nicht mehr.«

Bruck ging hinaus. Wir hörten seine Schritte auf der Treppe.

»Wie wird es nach der Pause weitergehen?«, fragte ich. Wir hatten den Raum verlassen, um uns im Keller umzusehen.

»Ich glaube nicht, dass sie heute eine Entscheidung treffen. Wir werden noch ein bisschen weiterstreiten und dann schlafen gehen. Dupret will den Fall so schnell wie möglich abschließen, um Conde nicht noch weiter zu belasten. Er gehört in der Fakultät zu seinen Verbündeten. Bruck dagegen …«

Der Keller war nur schwach beleuchtet. Ein paar Meter weit herrschte völlige Finsternis. Überall verschlossene Türen, Seminarräume, Tunnel. Wir sprachen über den Prozess und ahnten nicht, dass diese Anhörung keinerlei Bedeutung hatte. Brucks Meinung bedeutete genauso wenig wie die Duprets oder die Beweise, das Plädoyer, das Urteil. Der andere Prozess, der echte, hatte bereits begonnen, und das ganze Gebäude war der Gerichtssaal.

Die Sitzung wird geschlossen

Hinter den ersten Zimmern, Archiven und verschlossenen Türen herrschte weiter Dunkelheit. Wir hatten einen schmalen Flur gewählt, der eine scharfe Kurve machte, um sich erneut in der Finsternis zu verlieren.

Während meiner ersten Studienjahre hatte ich viele Geschichten über die im Keller gelagerten Gegenstände gehört: über die fünfhundert Nähmaschinen, die bei einem Ministerium nach einem Militärputsch konfisziert worden waren, oder über den auseinander geschraubten Bomber, das letzte vorhandene Exemplar einer missratenen Baureihe. Von einer Geheimbibliothek mit von unterschiedlichen Regierungen verbotenen Büchern war die Rede, von einer Sammlung mit Schädeln berühmter Männer. Ich öffnete eine Tür und stieß auf eine Treppe, die in die Tiefe führte. Ein feuchtkalter Luftzug wehte mir entgegen.

»Was wird da unten wohl sein?«

»Tunnel«, antwortete Trejo. »Vor zwei Jahren legte eine Gruppe von Archäologiestudenten Teile davon frei. Vom Fakultätsgebäude aus kommt man zu den wichtigsten Tunnelverbindungen, die die Altstadt durchlaufen. Bevor die Universität es gekauft hatte, war es ein Luxushotel. Gebaut wurde es am Anfang des Jahrhunderts, für erlauchte Ausländer. Eine der Besonderheiten des Hotels waren seine geheimen Ausgänge für heimliche Treffen, für Reisende, die auf der Flucht vor der Presse waren, und für Besucher, die unerkannt ins Land wollten. Eine Dampflokomotive, die eher an eine Spielzeugeisenbahn erinnerte, zog die geschlossenen Waggons mit den Passagieren durch die alten Kolonialtunnel zu den beiden Ausgängen. Ich habe mal ein Foto von den Waggons gesehen: Sie ähneln den Wägelchen der Achterbahn, nur dass sie Sitze aus rotem Samt haben.«

Ich sah auf die Uhr. Mehr als eine halbe Stunde war vergangen, und wir beschlossen umzukehren. Als wir im Anhörungsraum ankamen, waren wir die Ersten. Unser Spaziergang hatte uns weit von den beleuchteten Teilen des Kellers weggeführt, und ich wurde langsam unruhig. Ich schlug Trejo vor, nach den anderen zu suchen.

Die Türen der Fakultät waren geschlossen. In der Mitte der Eingangshalle hörten wir Conde und Bruck miteinander streiten.

»Sie sind der Dekan dieser Fakultät, Doktor Bruck. Wenn Sie uns hierher zitieren, sollten Sie dafür sorgen, dass alles in Ordnung ist«, ereiferte sich Conde.

»Ich bin fast nie hier. Und ich habe Sie hierher zitiert, um Öffentlichkeit zu vermeiden. Die hätte Ihnen übrigens mehr geschadet als mir.«

Trejo fragte, ob sie es bei den Seitentüren auch schon probiert hätten.

»Alle abgeschlossen. Es scheint, dass alles verriegelt worden ist, kaum dass Novario gegangen war.«

»Und Dupret?«

»Der wollte telefonieren.«

In diesem Moment kehrte Dupret mit müdem Schritt

und einem Ausdruck der Mutlosigkeit im Gesicht zurück.

»Ich habe vier Telefone gefunden. Kein einziges funktioniert.«

»Ich kann das nicht glauben«, rief Conde. »Wir sind eingeschlossen, und es gibt keine Möglichkeit, jemanden davon zu informieren? Wer leitet diese Fakultät eigentlich?«

»Regen Sie sich nicht auf«, erwiderte Trejo. »Uns bleibt noch der Nachtwächter. Ich gehe ihn suchen.«

Eilig lief er davon, rannte zwei Stufen auf einmal nehmend die Treppe hoch und entschwand unserem Blick. Trotz der späten Stunde, der langen Sitzung und unserer heiklen Situation war er voller Energie.

»Ich vermute, dass niemand mehr Lust hat, in unserer Angelegenheit fortzufahren«, sagte Bruck.

Conde winkte verärgert ab. Dupret rieb sich müde die Augen.

»Dann werde ich, wenn alle einverstanden sind, die Anhörung auf einen späteren Zeitpunkt vertagen.«

Niemand hatte etwas dagegen einzuwenden. Die Anhörung wurde niemals fortgesetzt, und das einzige Zeugnis, das von ihr übrig geblieben ist, sind die Seiten, die ich soeben geschrieben habe.

Mängel

Dupret suchte im Erdgeschoss weiter nach Telefonen, aber alle Verwaltungsbüros waren abgeschlossen worden.

»Ich sollte mich mit jemandem treffen, und jetzt kann

ich ihm nicht Bescheid geben.« Wieder sah er auf die Uhr. »Wo bleibt der Nachtwächter? Müssen wir etwa die ganze Nacht hier verbringen?«

Ich entschied mich, Optimismus zu verbreiten:

»Irgendwie kommen wir hier raus. Es muss ein Telefon geben, das funktioniert.«

»Die Leitungen tot, die Türen abgeschlossen. Sind das nicht zu viele Zufälle?«, warf Conde ein.

»Nichts, was mit Fehlern und Mängeln zu tun hat, überrascht mich«, sagte Bruck. »Die alltäglichen Pannen in einem öffentlichen Gebäude sollten wir keiner Verschwörung zuschreiben.«

»Es sind diese Leute da. Merken Sie das nicht?« Conde zeigte auf mich und den abwesenden Trejo. »Sie haben einen Plan gegen mich.«

Er flüsterte Bruck etwas ins Ohr, was ich nicht hören sollte. Doch die Stille in dem Gebäude war so total, dass ich jedes Wort verstand.

»Trejo hat teuflische Ideen. Wir sind ihm in die Falle gegangen. Er will uns einen Schreck einjagen. Mir vor allem.«

»Wir werden schon noch sehen, wer Recht hat. Sagen Sie mir lieber, warum er noch nicht zurück ist. Glauben Sie wirklich, er wollte den Nachtwächter suchen?«

Bruck sah mich an, um zu erfahren, ob ich eine Antwort auf diese Frage hatte.

»Ich sehe nach, was passiert ist«, sagte ich.

»Ich gehe mit Ihnen«, sagte Dupret.

»Conde, geben Sie mir die Schlüssel zum Institut, vielleicht funktioniert da ein Telefon.«

Conde zögerte ein paar Sekunden. Dann gab er sie Dupret.

»Danke für das Vertrauen«, sagte ich.

»Lassen Sie ihn keine Sekunde allein«, warnte er Dupret. »Sonst verschwindet er, wie auch Trejo verschwunden ist, durch einen Ausgang, den nur die beiden kennen. Und wir müssen bis morgen ausharren und sterben vor Müdigkeit und Kälte.«

Wir ließen Bruck und Conde im Erdgeschoss zurück. Bruck hatte einen Stuhl gefunden. In Gedanken weit weg, begann er einen Tango zu pfeifen, der mich begleitete, während wir die Treppe hinaufstiegen.

Die Lampen im ersten Stock brannten. Ich meinte, von weiter oben Geräusche zu hören.

»Trejo!«, rief ich. »Wo stecken Sie?«

Keine Antwort.

»Trauen Sie Ihrem Freund? Glauben Sie, der erlaubt sich einen Spaß mit uns?«, fragte Dupret.

»Er wird im vierten Stock nach dem Nachtwächter suchen«, antwortete ich. In Wahrheit betete ich, er möge nicht auf die Idee gekommen sein, allein zwischen den verfluchten Papieren spazieren zu gehen.

»Wo kommt das Wasser her?« Skeptisch sah Dupret auf seine tadellosen Gamslederschuhe, die dem die Marmortreppen hinunterfließenden Strom schutzlos ausgeliefert waren. Das Wasser riss Papierfetzen und Erde mit sich und maß währenddessen eine Zeit, von der wir keine Ahnung hatten.

»Seit gut zwei Wochen sorgt ein kaputtes Abflussrohr für die Überschwemmung der Fakultät. Es läuft in alle Ritzen. Neulich war der Klempner da, aber er meinte, im vierten Stock könne man unmöglich arbeiten.«

»Und wenn ich daran denke, dass ich heute einen Termin hatte, auf den ich so lange gewartet habe«, seufzte Dupret. »Es sollte eine so wunderbare Nacht werden. Und sehen Sie, wo ich stecke. Gehen Sie kurz dahin, hatte mir der Minister gesagt, nach einer Stunde ist die Sache vom Tisch. Eine Stunde! Jetzt ist Mitternacht, und es ist kalt, und wir sind eingesperrt.«

»Sogar der Minister interessiert sich?«

»Wie Sie sehen. Wenn wir hier raus sind, erwarten Trejo und Sie noch ein paar mehr Probleme. Sie hätten sich nicht mit Conde anlegen sollen. Da wird Sie auch Bruck nicht retten können.«

Wir erreichten die zweite Etage. Dort war es dunkler als in der ersten. Nahe der Treppe stand ein Tisch mit einem abgebrochenen Bein. Irgendwer hatte ihn in der Hoffnung dort abgestellt, jemand würde ihn schon reparieren. Von dem Wasser war das Holz aufgequollen. Ich bin an diesem Tisch täglich vorbeigelaufen, aber jetzt schien er mir nicht mehr derselbe zu sein. Die alltäglichen Gegenstände verwandeln sich nachts in Zeichen aus einer anderen Welt.

Ich blieb stehen und versuchte, Schritte oder die Stimme Trejos auszumachen, aber ich hörte nur das Gurgeln des Wassers, das in die Stockwerke eindrang und Risse in die Decken fraß. Das Wasser war die Zeit, und die Tropfen waren die Sekunden eines Countdowns, der seinem Ende entgegenging.

Der Flur zum Institut lag im Dunkeln, ganz hinten aber leuchtete ein Licht. Eine eingeschaltete Lampe am Ende eines dunklen Flures hat immer etwas Behagliches. Ich rief erneut nach meinem Freund, doch er antwortete nicht.

Etwas musste Dupret erschreckt haben, denn er schrie laut auf und strauchelte einige Schritte nach hinten. Ich blickte auf den Fußboden und sah Trejo mit dem Gesicht nach unten, reglos. Um seinen Kopf hatte das Wasser eine rote Farbe.

Die Bibliothek

Anfangs stand ich nicht nur aus Angst wie versteinert da. Vielmehr fühlte ich mich völlig orientierungslos, wie jemand, der an einem ihm unvertrauten Ort aufwacht. Dupret hatte sich über das Treppengeländer gelehnt und rief laut nach Conde und Bruck. Ich beugte mich zu Trejo nieder, wobei ich die Knie ins Wasser tauchte, und bemerkte, dass er noch atmete. Die linke Kopfseite war um die bläulichen Ränder der Wunde herum angeschwollen. Das Wasser hatte die Verletzung ausgewaschen.

Ich drehte Trejo auf die andere Seite und zog ihn an den Füßen in den Flur, der zu den Instituten führte, die von den ansteigenden Fluten noch verschont geblieben waren.

»Was ist ihm passiert?«, fragte Bruck.

»Der Nachtwächter wird ihn mit einem Einbrecher verwechselt und angegriffen haben«, spekulierte Dupret.

»Ausgeschlossen. Wo ist der Mann denn dann? Warum hat er sich versteckt?«

So redeten die drei. Niemand half mir, Trejo aus dem Wasser zu ziehen. Wenn er sich von dem Schlag erholt hatte, würde er an einer Lungenentzündung sterben. Über die Treppenbrüstung hinweg sahen sie in die Dunkelheit der oberen Stockwerke, doch diese Dunkelheit wollte nicht sprechen.

Ich legte Trejo auf den Holzdielen im Flur ab. Ein letztes Mal versuchte ich, ihm ein Lebenszeichen abzutrotzen. Er folgte weiter seinen Träumen, steif gefroren und weit weg.

Bruck streckte seinen Kopf in den Treppenschacht und rief nach oben:

»Ich bin der Dekan! Ist da jemand?«

Alle vier verstummten wir.

»Ich glaube, ich höre Schritte«, sagte Dupret.

»Ich habe Novario im Verdacht«, sagte Conde. »Wir wissen nicht, ob er das Gebäude wirklich verlassen hat.«

»Novario? Waren Sie es nicht, der ihn bestochen hat, damit er den Mund hält?«, fragte ich provozierend.

»Glauben Sie immer noch, dass ich ein Mörder bin, trotz dem, was gerade passiert ist?«

»Ich weiß nicht mehr, was ich denken soll«, gestand ich.

»Vergessen Sie nicht die alte Rivalität zwischen Novario und Granados. Erinnern Sie sich, wie sie sich auf diesem Pseudokongress beschimpft haben? Ich glaube, Novario hat Granados umgebracht, Trejo hat es herausgekriegt und ...«

»Heben wir uns diese Diskussion für später auf«, unterbrach Bruck den Doktor. »Schließen Sie die Tür Ihres Instituts auf, damit wir endlich ein Telefon finden und den Notarzt rufen können.«

»Und die Polizei soll kommen.«

»Und die Feuerwehr, damit sie die Tür aufbrechen«, bat Conde.

Ich hätte gern noch etwas hinzugefügt, aber mehr öffentliche Hilfsdienste gab es nicht. Dupret reichte mir den Schlüssel. Feierlich erhielt ich das Recht zurück, die Tür zum Institut zu öffnen.

Ich schritt den Flur zunächst entschieden und schnell

ab, je näher aber die Tür kam, desto langsamer und zögerlicher wurden meine Bewegungen. Dieser Ort war für eine Weile Teil meines täglichen Lebens gewesen. Jetzt war er mir so fremd wie der Mond. Die anderen folgten mir wenige Schritte entfernt. Als ich meinen Gang verlangsamte, stolperte jemand gegen meinen Rücken und beschwerte sich, aber meine Vorsicht hatte gute Gründe. Die Tür zum Institut stand halb offen, und drinnen brannte Licht.

»Novario, der die Bücher klaut«, rief Conde. Er wollte schon als Erster vorweg stürmen, ließ es dann aber doch, als ihm einfiel, dass er sich auch getäuscht haben könnte.

Ich öffnete die Tür. Im Empfangsraum war niemand.

»Ist da jemand?«, fragte ich zaghaft.

Ich bemerkte auf dem Boden eine feine Staubschicht und Reste von Mauerwerk.

Ich wagte mich in den zweiten Raum, in dem ebenfalls Licht brannte. Die Eichenregale der Bibliothek waren sämtlich umgekippt.

Die riesigen Schrauben, die sie ein halbes Jahrhundert an der Wand gehalten hatten, hatten nachgegeben. Die Wand, die so lange Zeit unsichtbar gewesen war, zeigte nun ihre Löcher, die feuchten Stellen, Muster der Spinnweben.

Im Fallen hatten die Regale Putz von der Wand gerissen, der sich überall im Raum verteilte. Einige Bücher waren bei dem Sturz aus den Regalen gefallen und verteilten sich auf dem Boden.

»Ein Anschlag auf das Institut!«, sagte Conde.

Dupret hob eins der staubbedeckten Bücher auf, und wir alle sahen den Blutfleck, der durch die Seiten gesickert war.

»Nicht nur auf das Institut.« Duprets Stimme hing an einem hauchdünnen Faden. »Es wäre eine so wunderbare Nacht geworden«, fügte er zu sich selbst hinzu.

Schlurfend näherte sich auch Bruck. Er wirkte ebenso besiegt und erschlagen wie die Bücher, aber er räusperte sich und ordnete an:

»Lassen Sie uns nachsehen, ob darunter jemand liegt.«

Wir sahen uns an. Das war einer jener Momente, in denen einem plötzlich einfällt, dass man woanders erwartet wird und man sich ganz schnell verabschiedet.

Zu viert umfassten wir die Ecken der Regale und begannen, sie anzuheben. Im Verhältnis zu den herausfallenden Büchern wurden sie immer leichter. Ein dicker Band fiel mir auf den Kopf, sodass ich für einen Moment Sterne sah. Bedeckt mit Staub und Gips, hatten wir es schließlich geschafft.

Unter den Büchern fanden wir die kleine Metallleiter, deren Beine sich unter der Last verbogen hatten.

»Es wird Monate dauern, das alles wieder an seinen Platz zu stellen«, jammerte Conde. »Miró, ich glaube, ich möchte Sie nicht um Ihre Kündigung bitten, bis das hier wieder in Ordnung ist.«

Dupret schob ein paar Bücher zur Seite, und wir sahen den Blutfleck.

»Er ist frisch«, sagte Bruck. »Der Verwundete muss ganz in der Nähe sein.«

»Trejo?«

»Das kann nicht sein. Es sei denn, jemand hat ihm geholfen, sich zu befreien. Ich glaube, es ist jemand anders.«

Ich warf einen Blick in die Höhle: Dort war alles in Ordnung.

Als wir durch den Empfangssaal zurückgingen, nahm Dupret den Hörer von dem alten schwarzen Telefon.

»Kein Freizeichen«, gab er Bescheid.

Mutlos sahen wir uns an. Jeder Einzelne von uns hatte aus unterschiedlichen Gründen seinen persönlichen Feind. In diesem Moment aber schienen wir Teil derselben Gesellschaft, die auf Ausschluss, Angst und toten Telefonleitungen basierte.

Das dritte blaue Heft

»Ruhe!«, rief Bruck, als wir auf den Flur kamen. Ich hörte eindeutig das Geräusch eines Fahrstuhls.

Ich lief den Gang hinunter. Dieser Aufzug wurde nur noch sehr selten benutzt. Zum einen weil man ihn leicht übersah und zum anderen weil die Leute fürchteten, er könnte zwischen den Stockwerken stecken bleiben, was nicht selten passierte. Bevor ich bei der Fahrstuhltür angekommen war, stoppte der Motor.

Durch das Eisengitter sah ich nach unten. Ich konnte nicht erkennen, ob er im Erdgeschoss oder im Keller angehalten hatte. Ich rief:

»Nachtwächter! Sind Sie das?«

Man hörte keine Antwort, aber doch, dass sich die Aufzugtür öffnete. Dort unten, so nah jetzt, war der andere. Der, der sich nachts hier bewegte, der Unbekannte, dem wir all diese Rätselhaftigkeiten zuschreiben konnten. Die anderen stellten sich im Halbkreis um mich herum.

»Gehen wir runter«, sagte ich.

Ich beeilte mich, die Treppen so schnell hinunterzulaufen, dass ich der Erste war, aber doch nicht so sehr, dass die anderen weit hinter mir blieben und ich mich dem Unbekannten allein stellen müsste.

Im Erdgeschoss war der Aufzug nicht. Wir liefen noch eine Etage tiefer.

Das Kabinenlicht war um ein Vielfaches heller als die Flurbeleuchtung. Die Gittertür stand offen. Ich näherte mich ängstlich, aber auch mit einer gewissen Portion Respekt, als handelte es sich um den Altar eines Idols.

Der Mann saß mit dem Rücken zur Kabinenwand. Sein Kopf hing schlaff zu einer Seite hinunter. Überall war so viel Blut, dass sich schwer sagen ließ, welcher Schlag der schlimmste gewesen sein mochte. Quer über der Stirn verlief ein Schnitt. An seiner Hand fehlten zwei Finger. Ich erkannte ihn an der Farbe seines Jacketts und der gepunkteten Krawatte: Es war Novario.

Bruck ging zu ihm, fühlte seinen Puls und sagte endlich kaum hörbar, dass er tot sei.

In diesem fast dunklen Teil des Kellers wirkte die erleuchtete Fahrstuhlkabine beinahe wie eine Bühne, deren Geschehen ihre vier Zuschauer gespannt verfolgten. Als wir schon glaubten, alles gesehen zu haben, sprangen Conde und ich gleichzeitig in die Kabine. Ich war schneller und griff nach dem blauen Heft. Es sah genauso aus wie jenes, das wir während unserer Expedition in den vierten Stock, die mir inzwischen so weit weg schien, neben der Leiche des Hausmeisters gefunden hatten. Der Umschlag des Heftes war staubig und voller Gipskrümel.

Ich öffnete das blutverschmierte Heft. Auf der ersten Seite stand:

Die Fakultät
Roman
von Homero Brocca
Kapitel XXXIII: Novarios Tod

Der Tunnel

Die Handschrift stimmte mit der aus den anderen Heften, die wir im vierten Stock gefunden hatten, genau überein. Ich suchte auf den folgenden Seiten nach einer Botschaft, doch sie waren leer.

»Jemand gibt sich für Brocca aus.«

»Ihr Gespensterschriftsteller interessiert mich nicht. Ich will sofort hier weg.« Dupret war leichenblass. Der Anblick des Toten hatte ihn um zehn Jahre altern lassen.

Bruck schien mehr um das Heft als um die Leiche besorgt.

»Haben Sie dafür eine Erklärung?«, fragte er erst Conde, dann mich. Ich konnte mich nicht länger zurückhalten und sagte die Wahrheit: Ich erzählte von unserer Exkursion in den vierten Stock und wie wir die Leiche des Hausmeisters gefunden hatten. Ich erzählte ebenfalls von den blauen Heften.

Dieses Heft ist leer.

»Kann es sein, dass Brocca lebt? Hat ihn jemand einmal gesehen?«

»Er starb vor mehr als zwanzig Jahren«, antwortete Conde. »Er ist ertrunken.«

»Dafür gibt es keine Beweise. Und es gibt auch keinen Beweis dafür, dass er jemals gelebt hat.«

»Lesen Sie meine Biografie, Miró. Sie erscheint Ende des Jahres. Wenn ich es nicht vergesse, schicke ich Ihnen ein Exemplar.«

»Aber bitte ohne Widmung.« Ich sah Bruck an. »Ein Mann, von dem wir nur die Initialen kennen, war einmal Patient im Sanatorium Spinoza. Hier beginnt und endet Broccas Biografie. Der Rest, sein Leben, seine Bücher, ist eine Erfindung Condes. Jemand hat seine Fantastereien ernst genommen und glaubt jetzt, er sei Brocca.«

»In diesem Gebäude läuft ein Verrückter rum, wir sind in Gefahr, und Sie hören nicht auf, mich anzuschwärzen ...« Er zeigte auf den Aufzug. »Habe ich mir das auch ausgedacht?«

»Heben wir uns die Wahrheit für später auf, jetzt müssen wir unser Leben retten«, sagte Bruck. »Es existiert ein Tunnel, der mit dem Kolonialmuseum verbunden ist. Vor Jahren ist ihm eine Gruppe Archäologiestudenten gefolgt, um eine Karte zu zeichnen. Ich war nie drin, aber die Leute versicherten mir, dass man ihn problemlos bis zum Ende begehen kann. Wenn wir dann im Museum sind, bitten wir den Nachtwächter darum, uns bei der Bergung Trejos zu helfen. Sind alle damit einverstanden?«

»Wo ist der Eingang zum Tunnel?«, fragte Dupret.

»Im zweiten Untergeschoss.«

»Und wenn wir uns verlaufen?«

»Die Strecke ist kurz. Und ich habe die Karte der Studenten gesehen, da waren keine Abzweigungen. Das einzige Problem ist, wie wir uns Lampen oder Kerzen beschaffen.«

Ich erinnerte mich, dass es am Ende des Flures im zweiten Stock eine Abstellkammer für die Putzfrauen gab. Vielleicht fanden wir dort auch Kerzen.

Als wir im zweiten Stock ankamen, war Trejo noch immer bewusstlos, aber er atmete regelmäßig. Die Tür zur Kammer war nicht abgeschlossen. Auf den Regalen standen leere Putzmittelflaschen, zwei Metalleimer und ein paar völlig verschlissene Lappen. Im hinteren Regal fand ich eine verrostete Taschenlampe. Der Schalter ließ sich zwar mühsam bewegen, aber sie ging nicht an. Ich schraubte die Lampe auf: Die Batterien waren neu, aber auf den Kontakten klebten Reste von ausgelaufenen alten. Conde griff nach einer Holzkiste, in der Werkzeug aufbewahrt wurde. Er fand Nägel, Zangen und einen Hammer. Mit einem Schraubenzieher kratzte ich den Dreck von den Kontakten und legte die Batterien wieder ein. Jetzt brannte sie.

»Wenn wir Sie aus der Fakultät hinauswerfen, stelle ich Sie als Hausmeister neu ein«, kommentierte Bruck und nahm mir die Taschenlampe aus der Hand. »Jetzt sind wir so weit.«

Conde nahm sich ein Werkzeug aus der Kiste.

»Falls man uns angreift und wir uns verteidigen müssen.«

Wir gingen zurück in den Keller. Über eine Marmortreppe gelangten wir in das untere Stockwerk. Ein kalter Luftzug wehte uns entgegen.

»Ich habe Angst vor Kakerlaken«, sagte Dupret.

Bruck knipste die Lampe an und leuchtete in den Tunneleingang.

»Die Studenten haben die Strecke tagsüber zurückgelegt. Und es waren mehr als zwanzig«, wandte Bruck, eingeschüchtert von der Dunkelheit, ein. »Wir sind gerade mal zu viert.«

»Zu dritt«, sagte Conde. »Ich gehe da nicht rein. Ich bin klaustrophobisch.«

»Aber im Gebäude ist es gefährlicher als im Tunnel.«

»Ich werde mich irgendwo einschließen und warten, bis sie uns rausholen.« Conde war schon wieder auf dem Weg nach oben.

»Seien Sie vernünftig, Doktor. Da oben läuft ein Mörder rum«, rief Dupret.

Ich wollte nichts lieber als das Gebäude verlassen, erinnerte mich dann aber an Trejo, der wehrlos auf dem Boden im zweiten Stock lag. Trejo und der Mörder, irgendwo versteckt.

»Ich bleibe auch. Ich kann den verletzten Mann nicht allein lassen.«

Bruck und Dupret drängten weiter darauf, dass ich sie begleitete, wobei sie mehr an einem Weggefährten als an meiner Sicherheit interessiert waren. Schließlich gaben sie es auf.

»Suchen Sie sich einen sicheren Platz, und verbarrikadieren Sie die Tür. Wir werden nicht lange brauchen«, versprach Bruck.

»Hoffentlich«, sagte Dupret.

Bruck schüttelte mir die Hand und wünschte mir Glück. Dupret ebenfalls. Ängstlichen Schrittes drangen sie in den Tunnel vor.

»Möge Gott uns helfen, Miró«, rief Bruck. »Möge er uns allen helfen.«

Stimmen und Schritte verloren sich im Innern des eiskalten Schachtes. Ich begann, langsam die Marmortreppe hinaufzusteigen. Noch bevor ich es gewahr wurde, nahmen meine Füße die Absätze im Laufschritt, und ich erreichte die Halle im zweiten Stock atemlos.

Conde hatte sich neben Trejo gekniet. In der rechten Hand hielt er den Hammer, den er aus der Werkzeugkiste genommen hatte. Im nächsten Moment würde der schwere Eisenkopf meinen Freund treffen.

Ich stürzte mich auf Conde. Ich bekam seinen Arm zu fassen, aber der Hammer prallte gegen meine Stirn. Für eine Sekunde sah ich schwarz. Ich rutschte auf Knien über den kalten Boden und suchte benommen nach einem Ausgang. Ich wusste, dass gleich der nächste Angriff folgen würde. Taub vor Schmerz, öffnete ich eine Tür nach der anderen und hoffte auf die eine, die mich der wirklichen Welt zurückgeben würde. Als ich die Augen aufschlug, hatte Conde den Hammer wieder in der Hand. In seinem Blick lag kein Hass, sondern Enttäuschung. Widerwillig musste er eine Strafe vollziehen, die er für unvermeidlich hielt. Blut floss von meiner Stirn über mein rechtes Auge. Ich sprang zur Seite und entging dem Schlag. Es glich einem Wunder, dass meine Beine mich retteten, denn ich hatte mich zu keiner Bewegung entschlossen. Stolpernd lief ich zur Treppe, die zum vierten Stock führte. Zwei Stufen auf einmal nehmend, rannte ich hoch auf der Flucht vor einem Mörder, den ich gut kannte, und näherte mich dem anderen. Dem ohne Gesicht.

Zunächst dachte ich, im vierten Stock herrschte völlige Dunkelheit, bald aber konnte ich die einzelnen Bücherberge voneinander unterscheiden, die schmalen Gassen zwischen den Ordnern. Das unablässig eindringende Wasser hatte die Etage in einen Sumpf aus Papier verwandelt. Die Nacht war klar, und ein schmaler Streifen Mondlicht drang bis in diesen abschreckenden Ort vor. Ich ging weiter, ziellos, ohne Plan. Was ich auch anfasste, es war feuchtes, in Auflösung begriffenes Papier. An keiner Stelle berührte ich den Fußboden, vielmehr schlitterte ich über einen glatten Papierteppich. Drei Mal fiel ich in die stinkenden Pfützen.

Mit der Zeit verwandelte sich dieser glitschige Papierbrei in eine Mondlandschaft. Vom Wasser verschlammte Monografien und alte Bücher bildeten eine einzigartige, unbesiegbare Struktur. Auf einer meiner vielzähligen Runden hörte ich einen eingebildeten Frosch quaken; eine Libelle mit sagenhaften Flügeln flatterte mir ins Gesicht.

Ich hörte meinen Namen. Conde rief nach mir. Miró, Miró, wiederholte er, ohne Hass, ohne böse Absicht. Ich weiß, dass er mich umbringen wollte und danach Trejo und dass er die Toten dann dem mysteriösen Mörder in die Schuhe schieben wollte, der vielleicht sein Komplize war. Aber in seiner Stimme, der Stimme des Todes, die mich suchte, lag keine Spur von Bedrohung, sondern nur unerträgliche Müdigkeit. Dort irgendwo stand Conde, ein armer Alter mit einem verrosteten Hammer, der wehklagend meinen Namen rief.

Ich suchte nach etwas, was mir als Waffe dienen konnte. Einen Ausgang zu finden war schwieriger. Ich stöberte nach einem Stück Holz, einer Eisenstange, fand aber zwischen dem Papier nichts. Ich kam an ein Fenster und sah auf die benachbarten Gebäude. Ich war neidisch auf die Menschen, die nachts in den entfernten Hochhäusern ihren Dienst taten. Ich war neidisch auf alle, die nicht in Gefahr waren. Es gab da draußen eine mit Bronze verkleidete Kuppel, die mir schon immer sehr gefallen hatte.

Sie sollte mich zur Haupttreppe geleiten. Zwischen den violetten Wolken leuchtete der Mond. Er beschien in dem kleinen Zimmer, in dem ich mich versteckt hielt, ein wackliges Schreibpult, einen in der Mitte geteilten Globus und weitere, auf dem Boden des alten Geografieraums zusammengerollte Karten.

Ich hörte ein Geräusch und griff nach dem Globus, dem einzigen Gegenstand, der mir zu meiner Verteidigung geeignet schien. Der Mond leuchtete auch auf Conde, der sich mit erhobenem Hammer näherte.

»Warum mussten Sie sich mit dieser Frau zusammentun? Haben ihre Gedichte Ihnen gefallen? Ich habe alles für Sie getan. Aber der Herr musste sich mit meinen Feinden verbünden. Von Ihrer Mutter habe ich eines gelernt: Man kann alles verzeihen, bis auf Verrat.«

Hinter meinem Rücken suchte ich nach einem Ausgang, aber die Tür war abgeschlossen. Ich hatte die Erdhalbkugel fest im Griff und hoffte, das Gewicht der Welt würde dem ersten Schlag standhalten. Vielleicht gelang es mir ja, ihm den Hammer zu entreißen. Ich kam mir vor wie der Riese Atlas in einer verkehrten Mythologie: Mich erdrückte die Leichtigkeit, nicht die Schwere dieser Welt.

Conde griff an. Er war stärker, als ich dachte. Der Globus hielt den Schlag aus, aber ich stolperte und fiel zu Boden. Irgendein Kontinent zerbrach dabei.

»Ich habe Brocca erschaffen, und Sie wollen ihn mir nehmen. Was wäre er schon ohne mich? Kaum ein Name, eine zweifelhafte Mär. Vermittels der Worte aber gab ich ihm ein Leben und einen Tod. Und ich schenkte ihm Bücher. Noch ein paar Tage, und Brocca hätte seine Biografie und seine gesammelten Werke gehabt.«

»Ich habe mit Brocca nichts zu tun«, sagte ich. Der Name des Autors war längst der Name eines Alptraums geworden.

»Sie waren ein Spion. Sie sind die ganze Zeit den Motiven meiner Feinde gefolgt. Ich kann es nicht zulassen, dass Sie meine Schöpfung in das Reich der Fantasmen verbannen. Ich war es, der ihn aus einem Haufen alter Papiere erschaffen hat. Ich bin sein Vater. Ich will, dass Brocca existiert.«

Ich hörte Schritte und erregtes Atmen. Da war noch jemand im Raum. Zuerst dachte ich an Trejo, dann an Bruck und Dupret, die ihre Entscheidung bedauert hatten und zurückgekehrt waren, um mich zu retten ... Das Licht einer Taschenlampe blendete Conde.

»Wer ist da?«, fragte er.

Der erste Hieb trennte ihm das rechte Ohr ab, das vor mir herunterfiel.

»Ich bin Brocca«, antwortete die Stimme.

Der zweite Schlag mit dem Beil traf Conde mitten in die Stirn.

Ich hörte ein Knirschen. Conde war tot, bevor sein Körper auf den Boden sackte. Ich bin mir nicht sicher, ob er im letzten Moment erkannte, dass sein Tod seine Arbeit als Wissenschaftler nicht unterbrach, sondern sein geduldiges Schaffen vollendete.

Conde war tot. Jetzt traf der Lichtstrahl mich.

Ich erkannte die Silhouette eines Mannes, der eine blutige Axt hoch erhoben hielt und einen Helm mit einer kleinen Lampe vor der Stirn trug. Ich unternahm nichts, um mich zu verteidigen. Ich sagte kein einziges Wort. Ich wartete.

Dritter Teil: Broccas Poetik

Die Wohnung des Nachtwächters

Der Nachtwächter ging dicht hinter mir. Er bedeutete mir, wann ich abzubiegen, wann einen glitschigen Hügel zu erklimmen hatte. Wenn ich seinen Befehlen nicht sofort folgte, schlug er mir mit dem Schaft der Axt in den Rücken. Etwas krachte sehr laut. Ich wusste nicht, ob das Geräusch aus der Nähe oder aus weiter Ferne kam.

»Es gibt nach«, sagte mein Führer zufrieden. Ich fragte, was passiert war, bekam aber keine Antwort.

Wir kamen zu der schmalen Treppe, die auf die Terrasse führte.

»Nur zu«, wurde ich ermuntert, und um seinen Willen zu unterstreichen, erhielt ich einen weiteren Hieb in den Rücken. Am Ende der Treppe stand ich im Freien: Um mich herum nahm ich einige erleuchtete, aber verlassene Gebäude wahr. Ich stolperte über eine Kabelrolle und kam an eine Tür, die ich bereits kannte. Der Nachtwächter befahl mir, sie zu öffnen.

Die auf der Terrasse errichtete Wohnung verfügte neben einem Bad und einer Küche über zwei Zimmer. Das erste diente als Ess- und Schlafzimmer. Auf einem Tisch standen leere Dosen, eine Weinflasche, ein Teller mit Essensresten, die abgepellte Schale einer Apfelsine. Es roch nach Gemüseeintopf und vergorenen Früchten. An der Wand stand ein schmales, mit schmutzigen und zerwühlten Laken bezogenes Bett.

Der Nachtwächter führte mich in den zweiten Raum mit dem Schreibtisch. Alles lag voller Papier und Zeitungsausschnitte. In einer Ecke stand eine Schreibmaschine auf dem Boden. Ein Metallplättchen erinnerte daran, dass sie der Fakultät gehörte.

Der Mann stieß mich in das Zimmer und schloss die Tür. Weil die Lampe auf seinem Helm die einzige Lichtquelle war, stand ich im Dunkeln.

»Lassen Sie mich gehen!«, schrie ich und hämmerte gegen die Tür. »Die anderen holen schon Hilfe.«

»Ich kann Sie noch nicht gehen lassen. Ich brauche Sie als Kurier.«

Ich versprach ihm, jegliche Botschaft zu überbringen, die er mir auftrug.

»Ich habe sie noch nicht ganz fertig geschrieben«, entgegnete er. »Warten Sie ein Weilchen. Verlieren Sie nicht die Geduld. Noch dauert es bis zum Morgengrauen.«

Oben an der Wand gab es ein kleines beschlagenes Fenster, durch das ein schmaler Streifen Mondlicht drang. Ich sah den Schalter. Eine nackte, von Spinnweben umgarnte Glühbirne spendete Licht.

Erschöpft ließ ich mich in einen Stuhl nahe dem Schreibtisch fallen. Die Wunde hatte aufgehört zu bluten, aber der Schmerz kam und ging mit jedem Pulsschlag.

Zuerst warf ich mich auf die blauen Hefte, um zu sehen, ob es sich um die wirklichen Arbeiten Broccas handelte.

Desillusioniert blätterte ich ein Heft nach dem anderen durch. Sie waren alle leer.

»Lesen Sie, was auf dem Tisch liegt, das lenkt ab. Mir fehlt das Ende. Es wird nicht mehr lange dauern«, sagte die Stimme von der anderen Seite der Tür.

Ich nahm den Stoß: Es waren etwa hundertfünfzig vergilbte, maschinengeschriebene Seiten. Es fehlten die Überschriften, aber ich erkannte sie dennoch. Erregt blätterte ich sie durch. Hier ein Satz und da. Sie reichten mir, um zu wissen, dass sie die Wahrheit sagten. Von Anfang an, seit der Exkursion, von der Novario erzählt hatte. Seit dem ersten Toten.

Ich hörte das Rascheln eines Blatts Papier unter der Tür.

»Nehmen Sie diese Seite, und legen Sie sie zu den anderen. So weit ist es die letzte«, sagte der Nachtwächter.

Bevor ich mir die vorangegangenen Seiten durchgelesen hatte, wollte ich wissen, was auf der Seite stand, die mir Brocca gereicht hatte und die mir vielleicht Klarheit über mein eigenes Schicksal verschaffte. Mit knappen Worten wurde der Tod Condes erwähnt, unser Gang durch den vierten Stock, mein Eingeschlossensein, der Moment, in dem ich versuchte, das Licht anzumachen. Der letzte Satz lautete: *Von der letzten Seite des Romans beunruhigt, griff Miró furchtsam in die rechte Jacketttasche. Ein Schreck durchfuhr ihn, als er merkte …*

Ich steckte die Hand in die rechte Hosentasche und fand etwas Feuchtes, Warmes. Mit einem unterdrückten Schrei schleuderte ich Condes Ohr weit von mir weg.

Wenn ich mich auf ein gutes Buch konzentrieren will, gehöre ich nicht zu denen, die dafür einen bequemen Sessel, Ruhe und viel Zeit brauchen. Ich habe mich daran gewöhnt, in der U-Bahn zu lesen, wo es mir inzwischen sogar am besten gefällt. Nichts lässt sich mit den klapprigen Waggons der Linie A vergleichen, die mich unter der Stadt forttragen, während der Roman mich auf seine eigenen unterirdischen Wege lockt. Der Lärm stört mich ebenso wenig wie das Geruckel oder die Unterbrechungen, aber ich möchte klarstellen, dass ich als Gefangener eines Mörders den Roman Broccas nicht mit derselben Ruhe lesen konnte, die nötig ist, um ein Buch mit seinen vielfältigen Bedeutungsebenen zu durchdringen, so wie sie es uns an der Universität beigebracht hatten.

Tatsächlich macht einen die Nähe des Autors immer ein bisschen nervös. Ich hatte Freunde, die schrieben und mir ihr Manuskript zu lesen gaben, während sie minuziös über jede meiner Reaktionen wachten, gerade so als würde ich an einem Experiment teilnehmen. Die ganze Zeit über hatte ich das Gefühl, dass ein negatives Urteil über das Werk automatisch meine Bestrafung nach sich ziehen würde. Immer aber ist das scharfkantige Blatt Papier eines verletzten Egos einer blutigen Axt vorzuziehen, wenn beides über dem eigenen Haupt schwebt.

Die andere Sache, die mich bei meiner Lektüre störte, war das Ohr von Conde. In die Ecke geworfen, schien es jedes kleinste Geräusch aufzuschnappen. Noch immer blieb ihm ein Rest der Autorität seines alten Herrn.

Während ich las, überarbeitete Homero Brocca auf der anderen Seite der Tür das letzte Kapitel seines Werks.

Kein einziger Kritiker hatte zuvor ein größeres Privileg genossen: Selbst das Kratzen der Feder auf dem Papier konnte ich hören. Das Geräusch war derart spröde, dass mir das Bild von in Streifen gerissenen Seiten in den Sinn kam, die auf die Einverleibung durch die Worte warteten.

Aufgrund der vielen Anspielungen, die ich in seinem Roman fand, bedienten die früheren Bücher Broccas – die weiter an einem geheimen Ort im Gebäude lagen, sodass ich sie nicht lesen konnte – das fantastische Genre. In der Erzählung *Die Beschwörung* werden die Leser eines geheimnisvollen Buches Opfer eines Zauberers, der sie in Papierberge verwandelt. Papierberge, die aus all den Wörtern bestehen, die sie in ihrem Leben gelesen hatten. In *Die Feder* benutzt ein Autor das Blut seiner Feinde zur Überarbeitung seiner Autobiografie: Als er fast fertig ist, bemerkt er, dass jedes Wort, egal ob vor Tagen, Monaten oder Jahren geschrieben, sich weigert, zu trocknen und seine Geschichte auf dem Papier zu fixieren.

Brocca verabscheute diese früheren Arbeiten, die seiner Meinung nach reine Literatur waren. In seinem letzten Roman verzichtete er auf solche fiktionalen Ausschweifungen und beschränkte sich auf das Erzählen bloßer Fakten.

Ich habe den Roman nicht Wort für Wort gelesen, denn mehr als ihn beurteilen zu wollen, suchte ich nach einem Ausweg. Ich las das Buch, wie man eine heilige Schrift liest – auf der Suche nach Rettung. So mag man mir die Vagheit im Urteil oder die Ungenauigkeit in den Details verzeihen.

Er hatte wenig Angaben zu seiner Familie gemacht, keine jedenfalls, die mir aus Brests Erinnerungen nicht schon bekannt gewesen wären. Nach einem Streit mit seinem Vater (der noch in jenem Geheimbüro des Zentralen Postamtes arbeitete) zog Brocca in eine Pension im Zentrum. Dort lernte er seine einzigen Freunde kennen, drei Studenten des Ingenieurwesens, die in ihrer Freizeit an verschiedenen Waffen bastelten: Molotowcocktails mit verzögerter Zündung, Speeren, die Lähmungen hervorriefen, Giftgasbomben.

Sie forderten ihn auf, Mitglied ihrer extremistischen Organisation zu werden. Brocca sollte eine Zelle innerhalb der philosophisch-literaturwissenschaftlichen Fakultät mit Waffen versorgen. Sie gaben sich Pseudonyme und trafen sich einmal in der Woche unter dem Deckmantel einer folkloristischen Musikgruppe namens *Die Zisterne* im Keller der Fakultät. Gelegentlich tauchten Leute auf, die die Revolutionäre wirklich für Musiker hielten. Dann mussten sie ab und zu die Gitarre hervorholen und ein paar Zamuecas singen. Unser Autor verstand nichts von Musik und hatte sich folglich darauf zu beschränken, ungeschickt die Trommel zu malträtieren.

Brocca war noch keine zwanzig, als er die erste Fassung der *Substitutionen* schrieb. In dem Roman stand nichts über die ursprüngliche Form der Erzählung.

Broccas Vergangenheit wurde nicht chronologisch wiedergegeben. Es waren Blitzlichter, die der Autor, einem unbestimmten Muster folgend, einschob. Von sich selbst sprach Brocca wie von einem fremden, vor Jahren verstorbenen Schriftsteller.

Nach einem Selbstmordversuch wurde Brocca in das Sanatorium Spinoza eingewiesen. Dort war er sechs Monate Patient von Doktor Brest, bevor er an die Fakultät zurückkehrte. Der Roman sagt nichts darüber, wie es zu der Veröffentlichung der Erzählung kam. Nach der Behandlung verstärkten sich Broccas solipsistische Tendenzen. In seinem Pensionszimmer hielt er es nicht mehr aus, weil ihn der Lärm und die ständigen Unterbrechungen störten. Seine Freunde fanden sich nicht damit ab, dass Brocca nicht mehr täglich zu ihren Geheimtreffen kam. Sie beharrten so lange auf seiner Anwesenheit, dass er schließlich ganz wegblieb. Bei einem seiner häufigen Streifzüge auf der Suche nach einem ruhigen Plätzchen, an dem er sich setzen und sein umfangreiches literarisches Projekt konzipieren konnte, fand er seine Insel: der vierte Stock der Fakultät.

Broccas Theorie

In die oberste Etage kam nie jemand. Brocca bewegte sich zwischen Monografiebergen, als wären es die Flure einer Villa, in der er allein das Sagen hätte. Einen Mitbewohner allerdings gab es, den alten, tauben Nachtwächter. Als der starb, hatte er freie Bahn.

Brocca bewarb sich um die Stelle des Nachtwächters, und während er auf seine Einstellung wartete, gewöhnte er sich an, in dem alten Haus auf der Terrasse zu schlafen.

Tagsüber, wenn er sich in seiner Wohnung einschloss, gehörte das Gebäude den anderen. Nachts aber gehörte es ihm allein. Die Exkursion, an der Novario teilgenommen hatte, hatte er als wahre Invasion erlebt. Einem der Studenten wollte er einen Schrecken einjagen, indem er eine Papiersäule über ihm einstürzen ließ. Er wollte ihn nicht töten, aber er betrachtete den Unfall doch als ein Zeichen, als einen rituellen Mord, der sein geheimes Königreich begründete.

Der Tod des Linguistikassistenten wies die Verantwortlichen auf das Risiko nächtlicher Ausflüge hin. Ihnen fiel wieder ein, dass sie noch keinen Nachtwächter hatten, und sie stellten Brocca ohne zu zögern ein.

Wenig bis nichts stand über die folgenden Jahre in dem Roman. Brocca schrieb noch einige Bücher, aber keins überzeugte ihn, und so landeten sie in irgendeinem Winkel des vierten Stocks. Er suchte einen schlagenderen Handlungsstrang, eine Idee, die fähig war, die Wirklichkeit zu beeinflussen. Etwas so Endgültiges wie ein Mord.

Er lernte, die Gespräche in den Instituten über die Ventilationsschächte abzuhören. So konnte er Condes Schritten folgen. So erfuhr er von der Reinkarnation seines eigenen Werkes, nun reduziert auf die unterschiedlichen Fassungen der Erzählung, von seiner Biografie, den zahlreichen Ungenauigkeiten. Er ließ zu, dass Conde sich zum Kritiker und absoluten Herrscher über Homero Brocca aufschwang. Eines Tages käme der Zeitpunkt, wo er die Schiffbruchthese widerlegen und das Land der Toten verlassen würde.

Als Novario und Granados die Bühne betraten, hatte Brocca den Handlungsfaden in der Hand, auf den er gewartet hatte. Er musste die Geschichte nicht mehr aufschreiben, sondern sie in Gang bringen. In einer langen schlaflosen Nacht träumte er von der Tragweite seiner Poetik: eine Geschichte von Taten erzählen, verschwörerisch aus dem Dunkeln, die Protagonisten mit unsichtbarer Hand lenken und parallel dazu die Essenz der Ereignisse in einem geheimen und absoluten Buch festhalten.

Broccas theoretisches Konzept basierte auf wirren Variationen, die sich um ein reines Zentrum drehten. Das Gebäude und der Roman unterhielten eine komplizierte wechselseitige Beziehung, über die er zu wachen hatte. Der Mechanismus, den er in Gang setzte, war nicht deterministisch. Brocca forderte das Schicksal heraus, aber der Fortlauf der Handlung war nicht gänzlich festgelegt. Seine irrwitzige narrative Falle war auf willkürliche Wendungen und Überraschungen vorbereitet. Brocca wusste, dass die Figuren eines Autors immer im Begriff waren, ihm zu entgleiten.

Seine Rolle in dem Geschehen sah er anfangs als die eines Spielers, der die Handlung über winzige Eingriffe steuert. Diesen diskreten Plan musste er allerdings bald ändern. Vieyra, der Hausmeister, fing an, ihn mit seinen Gängen in den vierten Stock zu stören, wo er die Aufträge Condes erledigen sollte. Brocca kam zu dem Schluss, dass es für einen Roman nichts Besseres geben konnte als einen Mord. Nach dem Verbrechen schrieb er die letztgültige Fassung des ersten Kapitels. Der Rest der Geschichte ist bekannt.

Ich folgte Brocca durch sein detailgenaues und brillantes Denken: Er war wie ein auf dem Grund der Papiere verborgener Gott, der über unsere Zukunft oder unseren Tod entschied. Ihn interessierte es nicht, zu töten, sondern zu schreiben. Das Verbrechen war nichts weiter als ein Mittel zur Spannungssteigerung. Das Leben hatte sich für ihn bereits in eine Serie isolierter Erzählblöcke verwandelt, die er anhand heimlicher Eingriffe und dämonischer Impulse zu verbinden suchte. Währenddessen arbeitete er an der Zerstörung des Gebäudes, weil er es zu einem Symbol verkehren wollte. In der Literatur, behauptete er, muss man zerstören, um zu erschaffen. Und ein Schriftsteller muss mit der ersten Zeile, die er schreibt, das Ende zu planen beginnen.

Er ließ Conde Granados in den Fahrstuhlschacht stoßen und war glücklich darüber, dass die Geschichte sich endlich ohne sein Zutun entwickelte. Während er diese Episode erzählte, verzichtete er auf den sonst harten Ton des Romans und erinnerte sich beinahe zärtlich an eine lange zurückliegende Liebesnacht.

Ich bedauerte, dass niemand Selva Granados geglaubt hatte, dass von den drei Wissenschaftlern, die über Brocca arbeiteten, sie diejenige gewesen war, die dem Autor am nächsten gestanden hatte.

Brocca wusste von Condes Versuch, das verschwundene Werk durch die hastigen Schreibereien Rusniks zu ersetzen. Er ließ ihn gewähren. Das Todesurteil war bereits unterschrieben. Die Ereignisse lasen sich, als hätten sie in fernen Zeiten stattgefunden. Plötzlich aber wurde mir bewusst, dass ich mit der Lektüre dieser letzten Nacht begonnen hatte, die noch nicht zu Ende war.

Handgeschriebenes Kapitel

In dem Maße, wie der Roman vorankam, zeigte die Schreibmaschine Schwächen. Großbuchstaben, die nur zur Hälfte zu lesen waren und darüber hinaus noch aus der Zeile sprangen, verschmierte Vokale, fehlende Konsonanten. Nach einer Seite voll unsichtbarer Buchstaben wurde der Roman mit der Hand weitergeschrieben.

Der Bericht der letzten Nacht enthielt keinen der Schritte Broccas, dafür jeden von uns. Der Nachtwächter schien überall gewesen zu sein und alles zu wissen. Ich überblätterte die Anhörung, den Tod Novarios (von der Bibliothek erschlagen und dann exekutiert), den

Condes, um das Schicksal der letzten übrig gebliebenen Person zu erfahren: mein eigenes. Auf der anderen Seite der Tür ging der Roman unsichtbar zu Ende.

Die Tür öffnete sich. Der Nachtwächter knipste die Lampe auf seinem Helm aus, und ich konnte seine grauen Augen, die große Nase, die Bartstoppeln sehen. Niemand hatte ein Foto von ihm. Allein in meiner Erinnerung existieren noch sehr verschwommen seine Züge.

In der Hand hielt er die letzte Seite. Er gab sie mir ohne ein Wort. Ich überflog Seite für Seite, bis ich zu dieser letzten kam. Er hatte blaue Tinte und vergilbtes Papier mit dem Emblem der Universität benutzt. Weil die Blätter keine Linien hatten, kippten die Zeilen nach rechts unten.

Das letzte Kapitel erzählte die Zukunft in der Vergangenheit. Erleichtert las ich, wie ich das Gebäude mit dem Roman in den Händen verließ. Inmitten des Desasters schickte mich Brocca als seinen Boten in die Welt.

Der Roman, dachte Brocca, würde berühmt, sein Schöpfer in den Ruinen des Gebäudes verschwinden.

»Warum dieses Ende?«, fragte ich ihn.

»Ich wollte immer mit einer Katastrophe enden. Jahrelang habe ich darauf hingearbeitet. Eines Tages hätten die Papierberge das Gebäude zum Einsturz gebracht. Um den Prozess zu beschleunigen, habe ich den vierten Stock unter Wasser gesetzt. Die Balken können das Gewicht nicht mehr halten. In den vergangenen Tagen habe ich für ein paar Abbrüche gesorgt. Für heute erwarte ich den totalen Einsturz. Es war das Ende, das mein Roman brauchte. Ich kenne die Handlung so gut, dass ich nicht mehr darauf warten muss, bis es passiert.«

»Und Sie? Was werden Sie tun?«, fragte ich.

Müde von seiner Arbeit als Nachtwächter, müde, Brocca zu sein, ließ er sich auf einen Stuhl fallen.

»Sie haben den Text. Dort steht alles geschrieben.« Ich hörte das Donnern von einstürzendem Mauerwerk. »Nehmen Sie die Seiten, und sorgen Sie dafür, dass der Roman veröffentlicht wird. Es gibt schon nach. Am Anfang kann eine Handlung jede Richtung nehmen und die Illusion provozieren, dass jeder Weg gangbar ist. Am Ende muss sie absolut zwingend sein.«

Irgendwo gab es einen Knall, und das Licht ging aus. Die Vibrationen, die ich unter meinen Füßen spürte, ließen mich erzittern. Ich dachte nicht mehr an einen Einsturz, sondern an eine schwarze, kalte Welle, die aus dem Nichts auftauchen würde, um mich zu verschlucken. Die *Gorgona* ging unter.

»Das Wasser ist schon bis zu den Sicherungskästen vorgedrungen. Sie knirschen mit den Zähnen. Seien Sie nicht feige. Noch haben Sie Zeit, zu fliehen. Glauben Sie, ich würde Sie mit dem Roman in der Hand sterben lassen?« Brocca redete, als ob das Gebäude seinen Befehlen gehorchen würde, als bewohnte er noch immer einen großen Roman, in dem jedes kleinste Detail ihm gehörte.

Er knipste den Bergarbeiterhelm an. Das Licht war so stark, dass ich sein Gesicht nicht mehr erkennen konnte. Er reichte mir einen Schlüsselbund. Ich steckte ihn ein. In den Händen hielt ich die losen Blätter des Romans. Wir überquerten die Terrasse und gingen in den vierten Stock hinunter. Von dort aus erklärte Brocca mir den Weg zur zentralen Treppe. Ich sagte ihm, dass ich den Ausgang ohne Lampe nicht finden würde.

Brocca nahm den Helm vom Kopf und setzte ihn mir

auf. Mit dem Licht vor der Stirn, das mich durch die mich umgebende Dunkelheit geleitete, fühlte ich mich sicherer.

Brocca war ein Mörder. In diesem Moment aber war er mein Retter. Das Gebäude wartete ungeduldig darauf, Broccas Geschichte zu vollziehen. Ohne länger zu zögern, machte ich mich auf den Weg zur Treppe. Im letzten Moment drehte ich mich um und sah Brocca, der sich in dem unendlichen Papiermeer verlor. Ohne seinen Heiligenschein wirkte er nicht mehr wie der gefürchtete Schicksalsvollstrecker, sondern wie ein in der Dunkelheit verirrtes Kind.

Die Lawine

An keinem anderen Ort hätte ich mit meiner Geschichte anfangen können. Ich setzte sie in meiner Wohnung fort, im Lesesaal einer Bibliothek, am Tisch der ›Konditorei zur Angst‹. Aber um sie zu Ende zu bringen, kehrte ich wieder an meinen alten Platz im Institut zurück. Dort bin ich jetzt. Der Tisch, an dem ich schreibe, ist staubbedeckt. Durch die Fenster dringen letzte Lichtstrahlen. Gleich gehe ich. Es bleibt nicht mehr viel zu sagen.

Brocca konnte mit ungeheurer Genauigkeit jeden Vorfall aus der Gegenwart und der Vergangenheit notieren. Aber er war unfähig, die Zukunft ebenso präzise zu beschreiben. In seinem Roman flüchtete ich mit den Blättern unter dem Arm, und das Gebäude stürzte ein, kaum hatte ich es verlassen. In der weniger umständlichen Wirklichkeit kam mir der Einsturz zuvor.

Ich hörte ein Krachen über mir und schaffte es, von

der Treppe zu kommen. Über die Stufen ergoss sich ein zäher, dunkler Fluss aus Papierfetzen und Schutt. Der faulige Wasserschwall erfasste mich, aber der Strom riss mich nicht mit sich. An einer Seite der Treppe fand ich Halt, benommen und zitternd vor Kälte. Ich brauchte einen Moment, um zu bemerken, dass das Wasser mir den Roman aus den Händen gerissen hatte.

Es würde eine Weile dauern, bis ich die Seiten zusammengesucht hätte, die dann vermischt mit anderen sein würden, die einzelnen Blätter aufgeweicht, die Schrift verwischt. Zuerst wollte ich Trejo aus dem Gebäude bringen, danach würde ich wegen des Romans zurückkommen.

Ein paar Sekunden lang war es totenstill. Ich rief nach Brocca, aber niemand antwortete.

Im ersten Stock stieß ich neben der Treppe auf Trejo, der mit abwesendem Blick auf das Unheil schaute. Kaum dass er mich sah, schien er aufzuwachen und floh über den Flur, das verletzte Bein hinter sich herziehend. Ich musste laut nach ihm rufen, damit er mich erkannte. Darauf hielt er inne und blickte misstrauisch auf meinen Bergarbeiterhelm. Die Lawinen aus Papier und Schutt hörten sich an wie entferntes Kriegsgedröhn.

Wir taten die ersten unsicheren Schritte auf der glatten Treppe. Doch meine Vorsicht half nichts, ich rutschte die Stufen bis zum Ende hinunter. Mit Schürfwunden und unter Schmerzen richtete ich mich auf und tastete in meiner Tasche nach den Schlüsseln. Ich entschied mich für einen großen, alten und rostigen. Die Tür öffnete sich. Zaghaft drang das Morgenlicht in die Halle.

Das Erste, was ich sah, war das Gesicht von Bruck, danach Polizei und Krankenwagen. Bruck fragte mich nach Conde, aber ich konnte nicht sprechen. Ich wandte ihm den Rücken zu und wollte in das Gebäude zurück.

Als Bruck das begriff, hielt er mich fest. Ich befreite mich aus der Umklammerung, aber andere kamen ihm zu Hilfe. Ich schrie sie an, Broccas Roman sei dabei, für immer verloren zu gehen. Ich kann mich nicht beschweren, dass sie mich nicht haben gehen lassen, denn ein weiterer Einsturz spülte eine Welle Papier und Mauerwerk über die Treppe. Das Gebäude erzitterte, die Decke des zweiten Stockwerks war eingebrochen.

Ich war der Letzte, der die Halle verließ. Bevor ich hinausging, sah ich mich noch einmal um und spürte plötzlich so etwas wie Verlust. Als ob ich alles, was ich einst verloren hatte, noch einmal verlor. Als ob alles, was ich in Zukunft verlieren würde, an mir vorbeidefilierte.

Mit aller Kraft schloss ich die schwere Tür. Von der anderen Seite hörte ich das Raunen des Untergangs, der Überschwemmung, des langsamen Zerfalls: die Abschiedsmusik für einen verlorenen Roman.

Das Tageslicht ist schon vor einer Weile erloschen. Erhellt von der Lampe meines Bergarbeiterhelms, überarbeite und korrigiere ich meine Sicht auf das Geschehene.

Buenos Aires
Mai 1995 – Juli 1997

Gespräch mit Pablo De Santis

Fritz von Klinggräff: Señor De Santis, in Deutschland haben Sie mit Ihrem Roman Die Übersetzung *ziemlich Furore gemacht. Und wie immer waren den Kritikern die Vergleiche mit großen Vorbildern schnell zur Hand: Kafka, insbesondere aber Ihr Landsmann Borges. Können Sie damit leben?*

Pablo De Santis: Natürlich bin ich stark von Kafka und Borges beeinflusst – welcher Schriftsteller wäre das nicht. Allerdings habe ich diese beiden Autoren schon in meiner Kindheit gelesen. Da war ich wohl eher eine Ausnahme. Außerdem schreibt sich ihr Einfluss dadurch wohl sehr viel tiefer ins Bewusstsein ein. Stark beeinflusst aber haben mich auch immer wieder Philip K. Dick, Leo Perutz und Bioy Casares.

Die Übersetzung *und jetzt* Die Fakultät *werden in Deutschland als Kriminalromane rezipiert. Sind Sie damit einverstanden? Haben Sie sich bewusst dieses Genres bedient?*

Das Genre ist mir ziemlich egal. Aber natürlich hat die Detektivgeschichte für jeden zeitgenössischen Schriftsteller einen hohen Reiz. Denn keiner von uns kommt an der Tatsache vorbei, dass die so genannte Literatur heute unter einem prekären Mangel an Form leidet. Es fehlt der Formenkanon. Das ist eine Binsenwahrheit. So können wir Schriftsteller eigentlich nur dankbar dafür sein, dass es den Rettungsanker der Detektivgeschichte gibt – und es gibt heutzutage ja auch kaum noch einen großen Schriftsteller, der nicht mit dem Formrepertoire des Kriminalromans spielt. Wobei ich hier natürlich nicht vom zeitgenössischen Krimi spreche, sondern von der Tradition des englischen *whodunnit*, also von der klassischen Detektivgeschichte mit ihrem strengen Formenkanon.

Sie sind Agatha-Christie-Fan?

Klar. Agatha Christie habe ich schon als Zwölfjähriger verschlungen. Also sogar noch vor Kafka und Borges.

Also dann: Wie wärs mit einer Selbstbeschreibung von Die Fakultät *mittels der formalen Kriterien für den Rätselkrimi?*

Stimmen Sie sich einfach ein auf die angelsächsische *Gothic novel,* auf die englische Landschaft der Geisterschlösser, in denen Agatha Christie zu Hause war. Dann sind Sie gar nicht so weit entfernt von jenem Gebäude, in dem mein Roman *Die Fakultät* spielt: Sein Schauplatz ist – fast wie in einem *locked-room-mystery* – die alte Fakultät für Geisteswissenschaften in Buenos Aires. Und hier entsteht diese tödliche Schlacht zwischen den Literaturwissenschaftlern, die in den unzähligen Räumen des Gebäudes nach dem Werk eines rätselhaften Autors suchen, von dem kein Werk mehr erhalten ist. Der Name dieses Autors ist Homero Brocca – und Sie wissen: Die Verbrechen, die Morde, die Diebstähle, alles steht letzten Endes in einem direkten Zusammenhang zu diesem verschollenen Werk. Und die Auflösung des Rätsels um Homero Brocca natürlich ebenso.

Vielen Dank für diese kleine Zusammenfassung Ihres Romans, Señor De Santis. Aber Sie untertreiben natürlich, wenn Sie aus Ihrem vielschichtigen argentinischen Roman eine englische Gruselgeschichte aus dem 18. Jahrhundert machen. Die Fakultät *ist mindestens genauso sehr ein Spiel mit der Moderne, dem Zeitalter literarischer Selbstreflexivität. Nehmen wir das Archiv, die Bibliothek, in der sich die Ereignisse am Ende überschlagen. Man könnte hier fast von einer Parodie des großen Bibliothekstopos in der Weltliteratur irgendwo zwischen Alexandria, Borges, Canetti oder Eco sprechen. Aber während diese Bibliotheken am liebsten im prasselnden Feuer ihr Ende finden, geben Sie Ihre Bibliothek dem Wasser preis. Die Geistesgeschichte in* Die Fakultät *weicht buchstäblich auf. Was soll das?*

(Pablo De Santis lacht:) Was das soll?! Es handelt sich hier um den schnöden Fall von blankem Realismus. Die Bibliothek in Buenos Aires, von der mein Roman handelt, gibt es wirklich, und ich bilde sie einfach eins zu eins in ihrem erbärmlichen Zustand ab. Meine Idee war gar keine Idee und auch kein literarischer Erinnerungstrick, sondern sie hat mit dem tatsächlichen Zustand der Fakultät für Geisteswissenschaften in Buenos Aires zu tun. Trotzdem gebe ich gerne zu, dass ich ein gewisses Faible fürs Wasser habe. Das Feuer liegt mir nicht – mein Sternzeichen ist der Fisch. Es gibt da also eine natürliche Nähe zur wasserfleckigen Literatur.

Also kein Widerwillen gegen Ecos Roman – nur die ganz normale Geschichte eines Fisches.

Ich bin ein großer Fan von Umberto Eco – dass da kein Missverständnis aufkommt. Aber ernsthaft: Es gibt tatsächlich ein Gebäude in der großen geisteswissenschaftlichen Fakultät von Buenos Aires, das legendenumwoben ist. Dieses Gebäude war bis in die Zwanzigerjahre des letzten Jahrhunderts ein Hotel. Und die Legende sagt, dass es riesige Kellergewölbe unter dem Haus gibt, dass dort Nähmaschinen der Stiftung Evita Peron stehen, ja, dass es da sogar noch einen Bomber, also ein altes argentinisches Kampfflugzeug, gibt.

Lauter Geschichten, die noch darauf warten, geschrieben zu werden. Homero Brocca hingegen, Ihr geheimnisumwobener Autor, der sich so manchen Mord auf den Buckel lädt, scheint, dem Vornamen nach zu urteilen, Abkömmling eines berühmten abendländischen Mythenerzählers zu sein. Wie kommt das? Ist die abendländische Überlieferungsgeschichte mitsamt ihren verborgenen Autoren, Schriften und Literaturen für einen argentinischen Autor von solch mörderischer Gewalt?

Ach, wissen Sie, in Argentinien leben wir eher am Rande des Abendlandes. Und zwar so sehr, dass man da schon häufiger einmal das Gefühl hat, man fällt gleich runter. Ein Schritt noch … und zack. Die Geschichte des Abendlandes ist ja immer schon eine Geschichte der Zerstörung von Büchern gewesen. Und eine Geschichte der Angst vor Büchern. Aber die Geschichte vom Rande des Abendlandes – die Geschichte des »Instituts für Nationale Literatur« in Buenos Aires – ist natürlich eine andere.

Ich habe viel nationale Mythologie in diesem Buch gefunden: Ich habe mich zum Beispiel darüber gewundert, mit wie viel Macht sich in Die Fakultät *die Gewalt mittels der nationalen Überlieferungsgeschichte fortsetzt. Ihr Autor, Homero Brocca, schreibt die argentinische Literatur fort, um zu zerstören. Warum das?*

Es geht nicht so sehr um die Zerstörung des Buches an sich. Es geht um die Zerstörung des Originals, also gewissermaßen des allerersten Manuskripts. Sie wissen, dass viele Schriftsteller mit dieser Idee gespielt haben. Es ist für den Autor natürlich leicht, diesen Bruch zu wagen und sein Buch einfach zu verbrennen. Es gibt einen französischen Psychoanalytiker, der ein Buch geschrieben hat, das *Les Biblioclasters*, also *Die Bücherzerstörer,* heißt. Da wird nicht nur untersucht, wo und warum Diktatoren Bücher verbrannt haben, sondern auch aus welchen anderen Gründen Bücher zerstört wurden. Im Falle Kafkas zum Beispiel oder im Fall des Rabbiners Nachmann geht es um die heillose persönliche Angst, dass sie das geschriebene Wort vom Ursprung wegführen könnte. Die Angst also, dass das geschriebene Wort plötzlich nicht mehr so ursprünglich, so bedeutsam und einzigartig ist wie das gesprochene Wort, hat teilweise eine zerstörende Wirkung.

Reden wir nicht drum herum: Am Anfang Ihres Werkes, sprich: des mörderischen Werkes von Homero Brocca, stand nicht das ursprüngliche Wort, sondern ein Buch mit lauter leeren Seiten. Homero Brocca hatte buchstäblich nichts geschrieben. Erst als buchstabensüchtige Literaturwissenschaftler versuchten, dieses leere, also gar nicht vor-

handene Werk mittels Interpretation zu rekonstruieren, nahm die Gewaltgeschichte ihren Lauf. Es ging also keineswegs um ein eifersüchtig gehütetes Original. Mörderisch war die Überlieferungsgeschichte eines Werkes, das gar nicht existierte.

Ach wissen Sie, Sie sollten sich nicht so sehr an der Gewalt aufhängen. Die war hier eher Mittel zum Zweck. Im Zentrum von *Die Fakultät* steht das Spiel mit der Fantasie. Und natürlich ist das Ganze eine Satire auf den Literaturbetrieb, wo der Kritiker oft mehr zu wissen vermeint als der Autor selbst.

Und der Ausweg aus diesem Dilemma zwischen Autor und Kritiker sind dann die Frauen, von denen man in Ihrem Roman nie genau weiß, ob sie eher aus Lust schreien oder eher aus Panik.

Ja. Manchmal sind die Frauen die Lösung. Oft sind sie aber auch das Problem.

Bibliografie

Belletristik:
Espacio puro de tormentas (1985), *El palacio de la noche* (1987), *La traducción* (1998; dt. *Die Übersetzung,* 2000), *Filosofía y Letras* (1998; dt. *Die Fakultät,* 2002), *El teatro de la memoria* (2000), *El calígrafo de Voltaire* (2001)

Essays:
Historieta y política en los ochenta (1992), *Rico Tipo y las chicas de Divito* (1995), *La historieta en la edad de la razón* (1998)

Kinder- und Jugendliteratur:
Desde el ojo del pez (1991), *La sombra del dinosaurio* (1992), *Pesadilla para hackers* (1992), *Lucas Lenz y el museo del universo* (1992), *El último espía* (1992), *Astronauto solo* (1993), *Transilvania Express* (1995), *Invenciones argentinas* (1995), *Las plantas carnívoras* (1995), *Páginas mezcladas* (1996), *Rompecabezas* (1996), *Enciclopedia en la hoguera* (1996)

Die Übersetzerin

Claudia Wuttke, geboren 1966 in Berlin, studierte Soziologie, Philosophie und Komparatistik in Hamburg, Madrid und Berlin. Sie arbeitete mehrere Jahre als Lektorin und war dann als Literaturagentin in Bad Homburg tätig. Inzwischen lebt sie als freiberufliche Agentin und Übersetzerin in Hamburg.